Lebenslust vs. Lebensfrust

Möge das Bessere gewinnen

Bibliografische Information der Deutschen Nationalbibliothek:

Die Deutsche Nationalbibliothek verzeichnet diese publikation in der Deutschen Nationalbibliografie; detaillierte bibliografische Daten sind im Internet über dnb.de.abrufbar.
© 2025 Heike Heinz-Wittenberg
Verlag: BoD · Books on Demand GmbH, In de Tarpen 42, 22848 Norderstedt, bod@bod.de
Druck: Libri Plureos GmbH, Friedensallee 273, 22763 Hamburg
ISBN: 978-3-7597-9989-0

2. Auflage

Vorwort

Wir leben jetzt und hier. Das ist wunderbar. Leider gibt es nicht jeden Tag aufs Neue nur schöne Tage und Augenblicke. Aber – macht nicht genau dieses das Leben aus? Mal ist es schön, überraschend, glücklich, himmelhochjauchzend - dann wieder ist es unerträglich, traurig, einsam oder einfach nur öde. Es ist das, was man Leben nennt - wie in meinen Geschichten. In der Lebenssumme am Ende hält es sich hoffentlich die Waage. Und mit etwas Glück neigt sich die Waage eher in Richtung Freude. Nach Regen folgt Sonnenschein, nach Sonnenschein folgt Regen. Mein Motto ist `Der Weg ist das Ziel`. Und so meine ich das wortwörtlich. Carpe diem, genieße oder nutze den Tag so gut es geht. Jeden einzelnen Tag. Lebe jetzt.

Und auch in unseren dunkelsten Stunden sollten wir zuversichtlich sein, weil morgen wieder die Sonne aufgeht, weil ein neuer Tag beginnt, dass es ein besserer Tag wird. Lebenslust versus Lebensfrust macht das Leben aus - ein Leben an dem wir hängen, wenn es hart auf hart kommt.

Der Volksmund weiß es besser, als jeder Ratgeber es wissen könnte: Wenn das Leben dich nervt streu Glitzer drauf. Oder wenn es etwas schlimmer kommt: Wenn das Leben dir Zitronen gibt mach Limo daraus. In diesem Sinne, schmeißt eure Ratgeber in den Müll, habt euch lieb so wie ihr seid und lebt den Moment. Wir haben nur ein einziges Leben. Und das ist schön - dass es einfach wird, davon war nie die Rede.

Hinweis: Sollte sich jemand in meinen Erzählungen wiederfinden, oder sollte jemand die Situation ähnlich wie beschrieben erlebt haben, so ist das nur ein außergewöhnlicher Zufall und allenfalls verwunderlich, aber ganz sicher von mir nicht beabsichtigt. Ein bekannter Schlagersänger findet sich in einer meiner Geschichten wieder und auch ein Boxer. Die Geschichten um die bekannten Namen herum sind allerdings eine Ausgeburt meiner Phantasie. Außerdem kann es sein, dass jungen Lesern meine Prominenten auch schon überhaupt nicht mehr bekannt sind. Dagegen ist der kurze Tagebuchausschnitt in der Erzählung „Weltfrauentag" echt. Diese Frau hat glücklicherweise den Absprung gewagt und auch geschafft.

Leseempfehlung: Eine Geschichte täglich, sei sie kurz oder lang.

Inhaltsverzeichnis/Seite

Alt werden ist nichts für Weicheier

Du wirst in diese Welt hineingeboren, und alle freuen sich, obwohl schon bei deiner Geburt klar ist, dass dein Weg früher oder später unweigerlich ins Grab führt. Idealerweise später. Du wirst also groß, vielleicht auch stark, eventuell auch ganz ansehnlich, bis du mit zwanzig den Höhepunkt der körperlichen Vollkommenheit und Leistungsfähigkeit erreicht hast. Dann geht es aber schon bergab. Voraussichtlich sechzig Jahre lang wird es körperlich nur noch bergab gehen, auch wenn du dich fühlst wie Herkules oder Aphrodite. Du bist Zugführer oder Friseurin, Chemiker, Sekretärin oder Maler. Du eignest dir gezwungenermaßen oder gar freiwillig von Kindesbeinen an ein enormes Wissen an, welches in einigen Jahrzehnten zu Staub zerfallen wird, wenn du es nicht rechtzeitig weitergegeben hast (was auch als der Sinn des Lebens ausgelegt werden kann, denn sonst würden wir ja heute noch in Höhlen sitzen).

Du alterst also so vor dich hin, und das Perfide ist, du selber merkst es gar nicht so sehr, außer, dass dir eines fernen Tages Namen nicht einfallen wollen, du deinen Autoschlüssel im Schuhschrank findest, dir morgens beim Aufstehen dies oder jenes wehtut. Und ganz untrüglich wirst du alt, wenn „Früher war alles besser" dein Lieblingssatz ist. Bald halten fliegende Mücken Freudentänze in den Augenlinsen, die in naher Zukunft zu einem dichten, nebeligen Schleier heranwachsen, und deine Arme werden seltsam kurz beim Lesen. Graue Haare sind dagegen das kleinere Problem. Denen rückt man erst mit einer Tönung in Eigenhaarfarbe zu Leibe, später mit der vollen Farbdröhnung. Noch später und schlussendlich lässt man sie grau, weil die Friseurkosten nur durch einen Nebenjob finanziert werden könnten.

Die anderen sehen, was du nicht sehen willst: Du bist alt. Auch wenn du selber noch immer von dir denkst, boah, ich habe mich echt gut gehalten. Bin immer noch ein steiler Zahn. Nein, bist du nicht. Schau dir mal deine Nachbarn, Schulfreunde oder Kindergartenlieben an. Das mag jetzt ein Schock sein, aber das Unschmeichelhafte, was du von den anderen denkst, denken andere eben auch von dir.

Selig sind die Menschen die uneitel und realistisch daherkommen, denn glücklicherweise werden alle um einen herum auch alt. Panik ist da unangebracht, es wird nicht mehr besser.

Das Altern fängt vorsichtig schleichend an. Doch demnächst wird man froh sein zu wissen, was man in einem Zimmer will, wenn man es betritt. Der Pflegedienst wird dir morgens deine morschen Knochen sortieren, und du schwankst täglich neu zwischen einem Alter von zwanzig bis einhundertzwanzig. Deshalb ist der Spruch - man ist so alt, wie man sich fühlt - die blödeste Kalenderweisheit, die ich kenne.

Das erste Mal merkst du, dass du schon echt alt bist, ist, wenn du so mit Mitte dreißig mit deiner Patentochter in einen Club gehst. So heißt die Disco heute. Schon allein an dieser Begrifflichkeit merkt man wie uralt man ist. Früher fuhr einem da übrigens niemand hin, und es holte einem erst recht keiner ab. Man wusste seine Füße zu gebrauchen. Der kilometerlange Rückweg wurde sozusagen als Ausnüchterungszeit genutzt. Das ist heute natürlich anders. Taxi Mama, Taxi Papa oder Taxi Oma sind zur Stelle wenn das Smartphone bimmelt, auch nachts um drei.

Was meiner Meinung nach im fortgeschrittenen, aber noch frühen Alter geht sind Rockkonzerte. Rock ist die Musik der jungen Alten, nicht der alten Alten. Die hören Blasmusik. Ich fürchte, da komme ich auch noch hin. Beim Rockkonzert treffen bereits jetzt schon Krampfadern, Hörgeräte, Hängebusen und Bierbäuche aufeinander, ich will nicht wirklich wissen, wie sich das in zwanzig Jahren anfühlt. Sicher waren wir in den 70ern schöner, doch Rockmusiker altern nie. Man fühlt sich dort gut aufgehoben und gleich wieder wie ein

Teenager. Schaut euch mal Ozzy Osborne oder Mick Jagger an. Auf solchen Konzerten fühlt man sich selbst als 80-jähriger wie ein junger Gott.

Für Frauen gestaltet sich das Altern allgemein etwas schwieriger, wenn sie kein ausgeprägtes Selbstbewusstsein haben. Es kommt die Zeit, da ist man für Männer Luft. Wirklich. Sie gucken einfach durch einen hindurch. Das ist erniedrigend. Aber selbst uralte Knacker glauben im Ernst, sie seien anziehend wie Semino Rossi oder der Bergdoktor.

Spätestens wenn Frau anfängt, ihre Klamotten per Katalog oder Internet zu bestellen, kann man davon ausgehen, dass der Lack ab ist, was diejenige auch weiß. Denn irgendetwas ist vielleicht zu eng geworden, die Hose oder die Umkleidekabine. Darum shoppen alternde Frauen in Fußgängerzonen vermehrt Schuhe, Tücher oder Handtaschen, die passen immer.

Frauen verzichten auch irgendwann auf die heißgeliebte Wimperntusche, weil die bei den altersbedingten Schlupflidern gerne auf denselben hängt anstatt auf den Wimpern. Der Lidstrich ist schon mit rund um die fünfzig den tränenden Augen anheimgefallen. Die Lesebrille vorm Kosmetikspiegel, 10fache Vergrößerung inklusive, offenbart schwarze Hexenhaare an Kinn und Oberlippe, die sich widerborstig gegen den Damenrasierer in zartem rosa wehren.

Aber liebe Männer, nicht frohlocken, denn ihr sucht euch irgendwann mit Begeisterung Plätze in der Nähe der Klos, dann wissen die Frauen auch Bescheid. Männer altern abrupt, aber körperlich raffiniert, das behauptet zumindest meine Freundin Karen. Irgendwann müssen auch Männer ihre Krähenfüße und tief eingegrabenen Nasolabialfalten mit Nivea Men zuspachteln, sagt sie. Das ist nicht sehr nett. Ich denke, Männer sind Frauen ein Stück weit voraus in der eigenen Körperwahrnehmung und akzeptieren sich unkompliziert einfach so, wie sie nun mal sind oder werden, auch wenn sie gegen die hundert gehen. Bei Frauen ist es dagegen seit je her schon ab den jungen Jahren Usus, Verschönerungsmaßnahmen zu ergreifen, um auch über die vierzig noch wahrgenommen zu werden. In der Hinsicht ist es wirklich noch nicht sehr weit gekommen mit der Geschlechtergleichheit. Männer altern relaxed so vor sich hin. Frauen gucken ständig in den Spiegel, um Restaurationsarbeit zu betreiben. Wie einfach und schön wäre es, wenn nicht Jugend und Aussehen so viel mehr zählten als Humor, Stil, Intelligenz und Erfahrung. Und das selbstverständlich bei Frauen und Männern. Ich hoffe, die nachfolgende Generation ist schlauer und setzt andere Prioritäten.

Und lange, viel zu lange hängt man in einer verfahrenen Sandwich-Situation fest. Die erwachsenen Kinder brauchen einen öfter als man glaubte, aber auch die eigenen Eltern sind jetzt richtig alt. So um die sechzig ist man daher plötzlich wieder unglaublich gefragt. Es kommen viele Aufträge rein für die nächsten Wochen: Kannst du mir einen Kuchen backen, bitte? Wir wollen eine Woche nach Ibiza, können Lissy und Leo bei euch bleiben? Kannst du Thekendienst machen beim Wanderfest? Kannst du mich morgen zur Darmspiegelung fahren?

Plötzlich hat man so wenig Zeit, dass man selbst im Rentenalter erst nachmittags um fünf zum Einkaufen kommt. Das wiederum stört so manchen Jungspund, der da murmelt, die Alten sollten gefälligst morgens zum Aldi gehen, da hätten sie Zeit. Nein, habe ich nicht! Weil du keinen Thekendienst beim Frühschoppen machen willst, und ich mir an deiner Stelle die Thrombosebeine in den Bauch stehe, du Schnösel!

Irgendwann als Boomer, alte Schachtel, alter Sack oder ähnliches beschimpft, begreifst du endlich, es gibt kein Zurück. Eigentlich wollte ich ja in Würde altern. Aber irgendwie fehlt mir die Gelassenheit in Anbetracht der arg verkürzen Lebenszeit.

Aber, ganz ehrlich, das Alter hat auch gute Seiten. Man fühlt sich nicht mehr für alles verantwortlich, dass Wort „Nein" geht viel leichter über die Lippen, vieles lässt einen relativ gelassen den Kopf schütteln, und manchmal rechnet man nach und denkt, mir egal, nach mir die Sintflut.

Und auch wenn man hautfarbene Unterwäsche, flache Treter und beige Hosen trägt, hat man die Kontrolle über sein Leben noch nicht verloren, man wird halt nur alt. Und es gibt bisher nur diesen einen Weg, länger zu leben als andere, und das ist, möglichst alt zu werden.

Keith Richards von den Rolling Stones hat folgende Weisheit auf Lager: Wenn du erst die Angst vor dem Alter überwunden hast, kannst du es genießen.

In diesem Sinne sollten wir jeden Tag leben, als wäre es der letzte. Das sollten übrigens auch Jüngere machen, denn ungewiss ist die Stunde des Todes. Und das hat mit dem Alter dann doch nicht mehr viel zu tun.

Kein Plan B

Penetrantes Türklingeln, mit abwechselnd energischen Hämmern gegen die Haustür, schmeißt Familie Schellkamp an diesem sonntäglichen frühen Morgen aus den warmen Federn. Als erster ist das Familienoberhaupt Christian wach genug und in der Lage, Richtung Haustür zu wanken, während nach und nach auch Ehefrau Mandy und die Zwillinge Kristin und Alena sich schlaftrunken am Geländer der Empore im ersten Stock festklammern. Selbst der ältere Berner Sennenhund steht nur kurz auf, um sich gleich wieder kommentarlos und gleichgültig auf die andere Seite zu betten. Noch immer und unerbittlich ertönt das Klingeln und das Klopfen, doch jetzt erweitert um ein lautes Rufen. „Hallo, hallo, hört mich den keiner! Das gibts doch nicht!" Erschrocken und plötzlich hellwach wechseln die Blicke der Familie hin und her. „Hallo! Ich muss mal aufs Klo. Aufmachen!", schallt es durch das bis dato ruhige Wohngebiet.

„Oh, nein...", flüstert Alena. Christian atmet tief durch und öffnet die Tür. „Hallo Annemarie, so früh schon wach?" Hinter seiner Schwiegermutter steht der Taxifahrer und hält einen riesigen Koffer parat. „Mein Schwiegersohn zahlt", wirft besagte Annemarie über die Schulter dem Fahrer zu, und gleichzeitig, „Mandy! Du musst mir helfen, ich kann gar nichts alleine, ich muss aufs Klo!" Annemarie drängt sich an Christian vorbei in die Diele, das rechte Bein steckt ab dem Knie abwärts in einer Plastikschale, die in einem dicken Klumpfuß endet, der linke Arm ist in einem 90°-Winkel in ein Gestell eingeschraubt, welches mindestens den doppelten Umfang seiner Schwiegermutter bemisst, und das heißt schon was.

Und wieder: „Mandy, du musst mir helfen, ich kann gar nichts alleine! Du musst mit aufs Klo!" Mandy schleicht die Treppe herunter. Entgeistert schaut sie ihre so rabiate, egoistische und herrische Mutter an. Die, die immer so selbständig ist und grundsätzlich Hilfe ablehnt. Die übrigens auch nichts und niemanden um sich herum leiden kann. Die, die jetzt ihre Tochter um Hilfe ruft, und in ihrer zugegeben misslichen Lage doch auf andere angewiesen ist. „Warum bist du nicht im Krankenhaus, Mutti?" „Da war ich, die haben mich rausgeschmissen, weil sie ein Bett brauchen. Ich bleibe jetzt hier!" Mit diesen Worten strebt sie Richtung Klotür. „Kommst Du!" Mandy ergibt sich ihrem Schicksal. Zwischenzeitlich hat Christian den Taxifahrer entlohnt, den schweren Koffer ins Gästezimmer geschleppt und versucht, seiner Gedanken Herr zu werden. Was soll das bedeuten, ich bleibe jetzt hier? Das kommt gar nicht in Frage! Annemarie kann ihn nicht ausstehen, was auf Gegenseitigkeit beruht.

Derweil diskutieren die Zwillinge, wie wohl der heutige Tag und eventuell auch noch die nächsten Tage oder womöglich Wochen aussehen mögen, mit einer zurzeit schwer eingeschränkten Oma im Haus. Von Kristin kann diese jedenfalls nichts mehr erwarten. „Wenn die hierbleibt, ziehe ich zu Stella." Da ist Kristin ganz klar in ihrer Meinung. Seit Oma damals, statt Trost und Mitleid beim Tod von Schellkamps geliebter Bulldogge Dexter, nichts weiter beizutragen hatte als den Satz, "Dann habt ihr ja endlich wieder mehr Zeit", ist die Oma ganz weit in der Gunst der Zwillinge, und besonders bei Kristin, gesunken.

Die Familie versammelt sich am Küchentisch. Christian kocht schon mal Kaffee, setzt Wasser für die Sonntagseier auf, und Alena deckt den Tisch. Kristin grummelt vor sich hin. Oma und Mutter sind nun auch endlich im Bad fertig und erreichen die Küche, wo sich Annemarie mit staksigen Bewegungen Richtung Küchentisch vorarbeitet. Sie lässt sich auf den erstbesten Stuhl fallen. Mandy, hinter ihrer Mutter stehend, rollt mit den Augen und legt den Zeigefinger an die Lippen. Sie hofft inständig, dass ihre Familie friedlich bleibt. „Wollt ihr etwa im Schlafanzug frühstücken?"

Annemarie schaut von einem zum anderen. Kristin nickt lahm, und in typischer Teenagermanier: „Genau. Hast du was dagegen?", leiser fährt sie fort, „dann kannst du gern wieder abhauen." „Das hat es früher nicht gegeben." Annemarie kommt in Fahrt. „Da haben wir wie aus dem Ei gepellt am Frühstücktisch gesessen, und sind anschließend in die Kirche gegangen." Die Zwillinge rollen mit den Augen. „Soll ich dich nachher zum Gottesdienst fahren, Annemarie?" Zur Schwiegermutter gewandt, bemüht sich Christian um gute Stimmung. „Nein, nicht nötig. Ich bin vor einem halben Jahr ausgetreten." „Was!", wirft Mandy ungläubig ein, „aber du hast doch so gern im Kirchenchor gesungen." „Ja, aber irgendwann muss es auch gut sein. Das können jetzt die Jüngeren machen. Ich denke jetzt erst mal an mich." „Also wie immer", flüstert Kristin ihrer Schwester zu. Beide kichern und ernten einen bösen Oma-Blick, immerhin kommentarlos.

Während Annemarie ihre umfangreiche Krankengeschichte vor der Familie zum Besten gibt, wählt Mandy im Schlafzimmer die Nummer ihres Chefs. Gottseidank ist er auf einer Messe und erreichbar. Sie wäre jetzt gerne an seiner Stelle. Als er sich meldet, erklärt Mandy ihm, dass sie die nächste Woche im Homeoffice arbeiten müsse. „Die drei Außentermine nehme ich wahr, aber sonst bin ich hier quasi angebunden. Vielleicht kann ich auch die Woche darauf noch nicht ins Büro, das klärt sich noch." Mandys Chef ist da sehr locker. „Kein Problem, mach wie du denkst, Mandy. Aber hattest du nicht für übernächste Woche Urlaub geplant? Da bist du doch eh nicht da." Mandy wird es ganz heiß. Daran hatte sie gar nicht mehr gedacht. Der Ausflug mit dem Bowling-Club nach Barcelona ist ihr total entfallen. „Stimmt ja, hatte ich ganz vergessen. Danke dir Jens, ich melde mich Morgen nochmal." Nachdem sie nervös mehrere Bahnen durch den Schlafraum geschritten ist, ist ihr völlig klar, ich fahre. Egal wie. Das wäre ja noch schöner.

Zurück am Frühstückstisch, findet auch Mandy noch ein Plätzchen an dem vollen Tisch. Ihre Mutter erzählt immer noch von ihren Krankenhauserlebnissen und wie es dazu kam, dass Arm und Bein out of order sind. „Stellt euch vor, ich bin die Treppe h o c h gefallen. Hat es das jemals schon mal gegeben? Das man eine Treppe h o c h fällt?" Das Wort „hoch" wird dabei intensiv betont. Die Familie ist sichtlich genervt, und Annemarie ist voller Elan. „Gib mir mal die Marmalade….Die Wurst ist aber auch nicht von dem Metzger Rübsamen, dessen Fleischwurst schmeckt irgendwie besser….Habt ihr keinen Eierkocher? So pi mal Daumen werden Eier eben zu hart…. Bei mir würde der Hund nichts vom Tisch kriegen…. Wenn ihr alle schon geduscht wärt, wäre das Frühstück doch viel schöner." „Mandy, wo ich gerade dabei bin, ich würde gerne duschen, alleine kann ich das nicht. Das machen wir gleich zusammen, gell?" „Wie du willst, Mutti."

Mandy steht auf. In der obersten Küchenschublade muss noch eine Packung Valium liegen von Vaters Begräbnis. Die kann man sicher noch nehmen. Die Familie verfolgt irritiert, wie sie das Zeug mit ein paar Schlucken Wasser durch die Kehle rinnen lässt.

„Was gibt es denn heute Mittag zu essen?" Eine irritierende Frage der Oma, wenn man gerade beim Frühstück sitzt. Mandy denkt sich, eine Valium wird nicht reichen, und antwortet ihrer Mutter ergeben: „Gulasch, Mutti. Es gibt Gulasch. Von gestern ist noch einiges übrig." „Meinst du das, was da auf dem Herd steht? Das ist doch kein Gulasch. Der ist gar nicht dunkel angebraten." Christian steht auf. „Jetzt ist es aber gut. Du lässt jetzt meine Frau in Ruhe und hältst mal den Ball flach." Beleidigt steht Annemarie in mehreren Anläufen auf und bewegt sich aus der Küche. „Ich gehe meinen Koffer auspacken." „In Gottes Namen…", Mandy schluckt und flüstert, „ich halte das nicht aus." „Mandy", schallt es aus dem Flur, „kommst du, ich kann das nicht alleine, und zumindest meine Haare müssen gewaschen und geföhnt werden!"

„Spätestens morgen habe ich sie umgebracht", Mandy macht sich auf den Weg.

Die restliche Familie verfällt in lebhafte Diskussionen, wie wohl jetzt weiter zu verfahren sei, selbstverständlich ohne zu einem vernünftigen Ergebnis zu kommen. Das Mittagessen verläuft dann ziemlich ruhig. Keiner sagt einen Ton, bis auf Christian. Der murmelt, „schmeckt prima, Schatz," und lächelt seine Frau zärtlich an. Die Teenager nicken dazu und mampfen Gulasch und Nudeln in sich hinein, es ist ihr Lieblingsessen. Oma Annemarie sagt weiterhin nichts. Als sie fertig sind, bittet sie ihre Tochter wieder um Hilfe beim Toilettengang. „Danach halte ich oben meinen Mittagsschlaf." Mandy trinkt ihr Glas Rotwein in einem Zug leer. Kristin und Alena kichern vor sich hin, was die Oma wohl bemerkt, aber so tut, als ob es sie nicht tangiere.

Als die beiden den Tisch verlassen habe, bemerkt Kristin säuerlich, dass Mama wohl zur tablettensüchtigen Alkoholikerin werde, wenn Oma wirklich bleibt. „Kristin!" ruft Christian seine Tochter zur Raison. „Jetzt mach mal halblang". „Wie gesagt", Kristin streckt sich, „ich ziehe zu Stella, wenn Oma bleibt. Ich kann da sicher ein paar Tage schlafen." „Das kommt überhaupt nicht infrage." Christian wird langsam sauer. „Wir reden nachher nochmal." Mandy erscheint alleine in der Küche.

Die Familie beschließt, mit Hund Sam einen Spaziergang im angrenzenden Wald zu unternehmen. An der frischen Luft entspannt sich zusehends die Frustration über die Situation. Es wird eine ausgedehnte Tour, volle zwei Stunden laufen Schellkamps durch den duftenden Wald, oder sie sitzen völlig relaxed auf einer der Ruhebänke, man könnte meinen, die vier hätten Angst, wieder nach

Hause zu gehen. Aber es nützt nichts. Sie können Annemarie nicht alleine lassen. Alena gackert, "Oma muss sicher dringend auf den Pott." Und Kristin äfft nach, „Mandy, ich muss aufs Klo!" Beide kriegen sich nicht mehr ein. Schon bekommt Mandy wieder diesen Druck in der Magengegend.

Zuhause werden sie schon sehnsüchtig erwartet. Oma muss mal und ist reichlich ungehalten, dass man sie alleine ließ. Wie vermutet. Aber sie hat auch eine Neuigkeit zu erzählen. „Tommy holt mich nachher ab. Ich habe mit ihm telefoniert." Ja klar, der geliebte Sohn Tom, Mandys Bruder. Der ganze Stolz der dünkelhaften Mutter, Bestsellerautor und ewiger Junggeselle mit Jugendstil-Villa in Dahlem, und Gärtner sowie Hauswirtschafterin. Während die Familie noch wortlos, aber schon freudig erregt diese Neuigkeit sacken lässt, fabuliert sie weiter: „Tommy freut sich auf mich, hat er gesagt. Und da ist es auch nicht so eng wie bei euch. Ich werde gepflegt und bekocht, das hat er mir versprochen. Außerdem kann ich bleiben, solange ich will." „Ja Mutti, das ist eine ganz tolle Idee. Das ich nicht darauf gekommen bin...", Mandy grinst vor sich hin.

Soeben hat der heilige Tom die freudestrahlende Oma, Mutter und Schwiegermutter mitsamt Hab und Gut ins glücklicherweise riesige Auto verfrachtet. Die beiden sind wie Arsch und Eimer, denkt Mandy. Die vier winken mit innerlicher Freude den Scheidenden nach. Selbst Sam sieht ein wenig fröhlicher aus. Mandy geht zurück in die Küche, um sich den letzten Rest des Rotweins einzuverleiben, als ihr Blick auf den Kalenderspruch des Tages fällt: Das Leben besteht hauptsächlich darin, dass man mit dem Unvorhergesehenen fertig werden muss.

Und Mandy lacht, und lacht, und lacht, und kriegt sich gar nicht mehr ein.

Korrespondenz

Hallo Du, geht es Dir gut? Maria sagte mir, ich solle Dir schreiben, das würde Dich sehr freuen. Du weißt doch, welche Maria ich meine? Ich schreibe sehr gerne, leider zu selten. Mal Weihnachtskarten, oder Geburtstagskarten. Darum ist meine Handschrift nicht mehr so schön, wie sie einmal war. In Schönschrift in der Schule hatte ich immer eine Eins, und nun tippe ich sogar den Einkaufszettel auf meinem Smartphone.

Hallo Du, Deine Zeilen waren bewegend. Ich mag es, wie Du Dinge beschreibst, und wie genau Du beobachtest. Ich habe mir gestern einen neuen Füllfederhalter (sagt man das noch?) gekauft, und den probiere ich nun aus.

Hallo Du, es ist erstaunlich, in wie vielen Dingen wir einer Meinung sind. Du hast nach meiner Lieblingsblume gefragt: Es ist die Sonnenblume. Aber ich mag auch Orchideen sehr gerne und habe sie auf allen, wirklich allen Fensterbänken stehen. Sonnenblumen gibt es zeitlich gesehen ja nicht so oft. Du hast mir geschrieben, dass Du Deine Kindheit in Glasgow verbracht hast. Auch das ist wieder so eine Gemeinsamkeit, denn ich habe in St. Andrews Kunst und Geologie studiert. Damals hatte mein Vater in Newcastle einen Job als Schiffsingenieur, und wir lebten runde fünf Jahre dort.

Hallo Du, ja, ich bin auch der Meinung, dass wir uns bereits sehr gut kennen. Manchmal ahne ich schon, wie Deine Antwort auf eine Frage lautet. Es verwirrt mich fast, dass Deine Lieblingsfarbe Grün ist. Dabei finden die meisten Menschen Blau sehr schön. Ich kann es nachvollziehen, wie Du mir anhand der Beispiele in der Natur deine

Liebe zur Farbe Grün geschildert hast. Der Smaragd hat das vollkommenste grün, finde ich.

Hallo Du, nun schreiben wir uns schon einige Monate, und ich mag behaupten, dass Du mich besser kennst als sonst irgendjemand. Bei Dir kann ich mich öffnen, Dir meine geheimsten Gedanken anvertrauen, mich fallen lassen. Du bist anders. Du behandelst mich gut. Bei Dir habe ich nicht das Gefühl, das ständige Trostpflaster zu sein, der Mülleimer, in den jeder seinen Ballast nach Belieben entsorgen kann.

Hallo Du, am Donnerstag sehen wir uns. Ich bin sehr gespannt auf Dich.

Hallo Du, das Treffen mit Dir hat mir wieder sehr gutgetan. Ich liebe es, Dir zu schreiben, aber Dir in die Augen zu schauen, das ist schon besonders. Hat Dir schon mal jemand gesagt, dass Du schöne Hände hast. Stundenlang könnte ich sie streicheln.

Hallo Du, Deine vielen Briefe an mich sprengen schon die Schuhschachtel. Ich habe den Mietvertrag für die neue Wohnung unterschrieben. Sie wird Dir gefallen, da bin ich mir sehr sicher, denn mir gefällt sie sehr, sehr, sehr. Ich sah uns heute im Geiste schon gemütlich gemeinsam am Kacheloffen sitzen.

Hallo Du, über Deinen Antrag gestern war ich eigentlich nicht sehr überrascht, denn wir sind füreinander bestimmt. Ich bin wirklich sehr glücklich. Mein Leben lang habe ich auf meine Zwillingsseele gewartet. Nun habe ich sie gefunden. Wir haben uns gefunden.

Hallo Du, heute Nachmittag habe ich mein Brautkleid gekauft. Es ist so schön. Du darfst es vor der Trauung nicht sehen, aber so ein wenig beschreiben darf ich es doch wohl, oder bringt auch das schon Unglück? Ich hoffe nicht. Es ist ein naturweißes Wildseidenkleid, mit Tattoospitze. Unter den Armen, am Rücken und am Dekolleté hat es Aussparungen bis zur Taille. Ein weißer Traum. Du wirst Augen machen, ich freue mich auf Dein Gesicht. Bald sind wir Mann und Frau, und keiner kann das ändern. Sollen Sie doch alle sagen, was sie wollen. In drei Monaten wirst Du entlassen und dann sollst Du wieder ein normales Leben führen können. Ich freue mich sehr auf unsere Zukunft.

Hallo Du, ich finde es sehr romantisch, dass uns eine Hochzeitsnacht ermöglicht wird, in der wir zumindest einige Stunden lang nicht beobachtet werden. Damit hatte ich gar nicht gerechnet.

Hallo, Du warst brutal und hast mir wehgetan. Mein schönes Kleid ist kaputt. Ich hole dich nächste Woche ab. Wir müssen reden.

Chance vertan

Donnerstags ist sie immer hier. Jeden Donnerstag. Da brennt die Hütte, es ist rappelvoll. Der Starclub in den Siebzigern: Goldfolie an Decke und an den Wänden, blinkende Lichtorgel, eine silberne Discokugel lässt Lichtpunkte wandern, und ab und zu gibt es als Highlight Schwarz-Weiß-Licht. Saturday Night Fever in Reinkultur. Donnerstags ist Lisa immer hier. Immer? Ja, wirklich immer. Auch wenn die berühmten Starauftritte stattfinden, was ziemlich oft vorkommt. Dann ist der ohnehin volle Starclub pickepacke dicht. Für Lisa wird es der letzte Abend im Starclub sein. Morgen bringt der Möbelwagen ihre Habseligkeiten nach Heidelberg.

Lisa schaut sich um, und da sie keine Bekannten erspähen kann, entschließt sie sich an der Theke des kleinen Nebenraumes Platz zu nehmen. Sie hat dort noch einen freien Barhocker entdeckt. Der Barkeeper ist wohl neu hier. Lisa hat ihn noch nie gesehen. Er lacht sie an und fragt nach ihrem Wunsch. Lisa bestellt ihren Lieblingsdrink, einen Long Island Iced Tea.

Der Typ neben ihr, sympathisch und gut aussehend, dreht sich zu ihr hin und beginnt unvermittelt einen Small Talk. Lisa lässt sich etwas launig darauf ein, sie würde lieber zur Tanzfläche eilen wollen, da läuft gerade der Megahit der Saison. Doch der dunkelhaarige Lockenkopf hält sie in Beschlag, so bleibt ihr nur, mit dem übergeschlagenen Fuß im Takt zu wippen. Sie will nicht unhöflich sein. „Bist du auch wegen des Stargastes heute hier?", will er wissen. Lisa lacht. „Nein, sicher nicht. Ich bin Donnerstags immer hier, egal ob ein Promi singt oder nicht. Ganz im Gegenteil, ohne Stargast ist es nicht ganz so voll, und man kann sich eher bewegen." Der junge Mann lächelt zurück. „Das glaube ich gerne", erwidert er. Lisa und der Unbekannte unterhalten sich noch eine Weile über Gott und die Welt, er gibt Lisa noch einen Drink aus, und sie findet ihn echt nett.

Nach einiger Zeit steht er von seinem Barhocker auf und sagt zu ihr, „Ich geh mal wohin, bin gleich wieder da. Nicht weglaufen." Lisa sieht in seine dunklen, blitzenden Augen und denkt, vor solchen Hundeaugen läuft man doch nicht weg. Der junge Mann gewahrt einen sich hin und her bewegenden Kopf, was deutlich danach aussieht, dass Lisa sich nicht von der Stelle rühren wird.

Nach zwanzig Minuten ist der Fremde noch immer nicht wieder aufgetaucht, und Lisa ist ärgerlich. So ein Spinner. Dass sie immer wieder auf so blöde Typen reinfällt. Ihr reichts. In dem Moment, als sie sich Richtung Saal bewegt, wird der Stargast des heutigen Abends angekündigt. Er sei recht neu am Schlagerhimmel, aber habe mit seinem Hit „Sommer in der Stadt" schon die Charts erklommen. Heute Abend würde er auch seinen neuen Titel zum Besten geben: Bronze, Silber und Gold. Spot an, Applaus, und Wolfgang Petry betritt die Bühne. Lisa wähnt sich im falschen Film und wünscht sich, der Boden tue sich auf und sie versinke auf Nimmerwiedersehen. Ihr smarter Hockernachbar fängt an ein Lied zu singen, welches Lisa noch nie gehört hat. „Bist du auch wegen des Stargastes hier?" Die Frage hämmert noch in ihrem Kopf. „Nein, ich bin immer hier." Hatte sie nicht auch noch gesagt, dass ihr die Prominenten am Allerwertesten vorbei gingen? Oh Gott, oh Gott, wie peinlich. Nein, dem kannst du nicht mehr unter die Augen treten. Lisa schnappt sich Tasche und Blazer und schiebt sich durch die begeisterte Menschenmenge Richtung Ausgang. Nein, sie will ihm nicht mehr begegnen.

Als sie daheim ist, packt sie noch einige wenige Sachen. Am nächsten Morgen ist sie auf dem Weg nach Heidelberg und hat sich wieder beruhigt. Im Nachhinein betrachtet amüsiert sie die Begebenheit von gestern Abend sogar. Egal. Das glaubt mir kein Mensch, dass ich Wolfgang Petry nicht erkannt habe. Obwohl, muss man den kennen nach einem Hit? Wohl nicht.

Wolfgang Petry kommt noch mehrere Male in den Starclub, immer Donnerstags, und immer wandert sein Blick umher, auf der Suche nach der blonden Frau, die ihn so bezaubert hat, die er nicht nach ihrem Namen fragte, und die ihn nicht erkannte. Gerne hätte er sie näher kennengelernt. Er hat alle gefragt, keiner hat sie gesehen. Keiner kennt ihren Namen und keiner weiß, warum sie nicht mehr kommt. Chance vertan.

Bruno baggert noch

Seit etwas über einem Jahr ist Anni verwitwet. Ihr geliebter Ehemann verließ sie für immer, still im Schlaf, so unauffällig, wie er gelebt hatte. Er war ein guter Mann gewesen. 39 Jahre waren sie verheiratet. Ein Ehemann ohne Tadel, ohne Allüren, ohne Midlife-Crisis. Ein Ehemann, der einst ihre Jugendliebe gewesen war. Der plötzliche Tod hatte bei Anni zu einer intensiven Trauerphase geführt. Die Beerdigung hatte sie nur mit starken Beruhigungsmitteln überstanden. So langsam beginnt sie nun aber wieder das zu tun, was man leben nennt, ohne ein schlechtes Gewissen zu haben, sich selbst gegenüber, aber erst recht ihrer verstorbenen Lebensliebe gegenüber.

Es kommt Anni noch immer seltsam vor, alleine in ein Kino zu gehen oder ein Restaurant zu betreten. Aber auch hier setzt langsam eine gewisse Gewöhnung ein. Sie hat sogar letztens eine Reise nach Italien gebucht, die aber erst in einigen Monaten stattfinden wird, und auf die sie jetzt schon hin fiebert. Einsam fühlt sie sich nicht. Anni braucht glücklicherweise nicht viele Menschen um sich herum, ganz im Gegenteil. Es gibt Tage, da fühlt sie sich eher in Gesellschaft eingeengt und unwohl. Anni war schon immer gerne allein. Ihr Mann wusste und akzeptierte das. Dann arbeitet sie so vor sich hin, liest stundenlang oder hört mit Begeisterung ihre Lieblingsmusik. Anni mangelt es durchaus nicht an zwischenmenschlichen Begegnungen, wenn sie Lust darauf hat. Sie hat eine einzige enge Freundin, schon seit der Jugend begleiten sie sich durchs Leben. Außerdem ist Anni in zwei Vereinen aktiv, und mehrere Bekannte sowie eine gute Nachbarschaft sorgen für Abwechslung und Gemeinsinn.

Neuerdings wird Anni wieder umworben. Es fing schleichend an, dem Trauerjahr angepasst, aber mittlerweile sind die Annäherungen gar nicht mehr zu übersehen. Ihre Freundin kennt das zur Genüge. Ihr

Kommentar dazu: Je oller, je doller. Annis seit Jahren verwitweter Schwippschwager Bruno hatte bereits früh nach dem Tod ihres Mannes zufällig - und oft - immer wieder „Termine" in Annis Nähe. Seit dem Ende des Trauerjahres haben diese nochmals an Intensität gewonnen. Und selbstverständlich schaut er dann auch immer bei Anni vorbei. Er wolle sehen, ob sie etwas brauche und ob es ihr gut gehe. Dabei lädt er sie immer wieder ein, mal zu einem Besuch im Cafe, dann zu einem Spaziergang durch den Tierpark, oder er meint, man könne doch mal etwas gemeinsam unternehmen. Anni reagiert auf diese Avancen nicht und überhört geschickt die plumpe Anmache.

Auch der Nachbar nebenan, der vor einigen Monaten seine Frau verloren hat, zeigt ganz offen sein Interesse an der attraktiven Anni. Mal schenkt er ihr Äpfel aus seinem Garten, dann wiederum einen Strauß Blumen, ebenfalls aus seinem Garten. Er organisiert kleine Ausflüge und Besuche in Einkaufszentren für Anni. Anfangs schnallt sie es nicht. Es kommt ihr nicht in den Sinn, dass der Nachbar etwas anderes von ihr wolle als nur nett sein, schließlich ist seine Frau noch nicht lange unter der Erde. Aber der Herr wird immer verbindlicher und immer aufdringlicher, aber Anni lässt ihn auflaufen, sagt immer öfter ab und gibt ihm irgendwann endgültig einen Korb.

Annis Freundin Carla, die übrigens nie geheiratet hat, ist da ganz auf Annis Linie. In diesem Alter suchen die übrig gebliebenen oder wieder auf den Markt geworfenen Männer doch eigentlich nur eine Köchin, Krankenschwester oder Putzfrau. Das ist ihre Meinung. „Bei mir läuft es mit den Männern, wenn überhaupt, höchstens noch ambulant, auf gar keinen Fall stationär". Anni lacht. Ja, das ist sicherlich ein guter Ansatz. Sie wird und will sich auch nicht mehr an einen anderen Mann gewöhnen. „Das ist mir viel zu anstrengend," gibt sie zum Besten, „und außerdem – einen jungen Mann krieg ich nicht, und einen Alten will ich nicht." „Na, dann…", Carla und Anni prosten sich lachend zu. „Auf unser schönes Single-Leben."

So ekelig

Es gibt wirklich ganz ekelige Sachen auf dieser Welt. Was machen wir, um diesem Gefühl zu entgehen? Wir sehen nicht hin, wir hören nicht hin, wir halten uns Augen oder Ohren zu, eventuell auch die Nase. Kurzum, wir versuchen uns vor allem Ekeligen bestmöglich zu schützen. Doch jeder Mensch hat ein anderes Ekellevel, dass derjenige auszuhalten imstande ist. Schlimm wird es, wenn wir dem Ekel nicht oder nur schwer entwischen können. Wenn er sozusagen aus dem Nichts auftaucht.

So schlendere ich an diesem herrlichen Sommertag durch die Fußgängerzone meines Lieblingsstädtchens. Wie es an einem solchen Tag zu erwarten ist bin ich mit diesem Vorhaben nicht alleine. Menschentrauben schieben sich durch die malerischen Gassen. In der Mittagszeit gibt es Warteschlangen vor den verschiedenen Läden mit Leckereien, und auch die Restaurants und Eisdielen sind gut besucht. Dabei fällt mir auf, dass der Kleidungsstil sich in den letzten Jahrzehnten nicht zum Vorteil der jeweiligen Träger entwickelt hat. Der meisten jedenfalls. Spaghettiträger an ausgeleierten, bereits farblosen Shirts, halblange und kurze Hosen, aus denen Beine ragen, denen etwas mehr Stoff gutstehen würde, und Muskelshirts, die nicht einen nachweisbaren Muskel bedecken. Sieht man sich Bilder eines Hochsommers aus dem letzten Jahrhundert an, waren Menschen durchaus ordentlich und sogar fein gekleidet. Kleider und Röcke, hübsche Blusen und ordentlich gebügelte Hemden waren das Normal. Ich bin mir auch nicht sicher, ob die fehlenden 30 Zentimeter Stoff am Beinkleid wirklich für mehr Kühle und Erleichterung sorgen. Das Gesamtbild ist nach meinem Eindruck schlampiger geworden, in der warmen Jahreszeit gibt es außerdem zu wenig Stoff, in der kalten Jahreszeit überwiegt Funktionskleidung in gedeckten Farben, da nehme ich mich selber gar nicht aus. Ich merke, ich schweife ab.

Zurück zu meinem höchstpersönlichen Ekelfaktor: Ich muss im Kaufhaus in die oberste Etage und nehme die Rolltreppe. Auf Augenhöhe und fast unausweichlich erblicken meine Augen allerlei geschundene und vernachlässigte Füße in hochsommerlichem Schuhwerk. Oben hui und unten pfui, pflegte mein Opa zu sagen. Wie wahr. Und echt ekelig.

Ich habe mindestens drei davon

Das Telefon klingelt. Es ist Bea, die unverblümt und fragend losplaudert, ob wir nicht mal ins Städtchen fahren sollen. Zum Shoppen. Klar. Warum nicht. Denkst du an etwas Besonderes? Ja, ich brauche eine neue Übergangsjacke. Och Bea, du hast doch mindestens fünf davon im Schrank hängen und ich drei, glaube ich. Ausgleichend gibt es bei mir null komma null Sommerjacken, denn im Sommer ist es mir zu heiß für Jacken, auch wenn sie den Sommer im Namen tragen und die Höchsttemperatur des Tages bei 14° liegt.

Wir besprechen noch kurz den Modus Operandi des Shoppens am kommenden Samstag. Nachdem ich das Gespräch beendet habe, schlendere ich zum Kleiderschrank im Schlafzimmer, dann zum Kleiderschrank im Keller und dann zur Kleiderkiste auf dem Boden, um erstaunt festzustellen, dass ich grob geschätzt zwanzig Übergangsjacken besitze, in fünf verschiedenen Größen, in mindestens zehn Farben und aus munter gelebten vier Jahrzehnten. Leichtere Warmhalteutensilien von März bis November. Man erzählte mir einst beim Frisör, wo ich mir meine Übergangsfrisur richten ließ, dass es nur in Deutschland eine extra Bezeichnung für Nichtwinter- und Nichtsommerjacken gäbe, und das sei sowas von typisch deutsch. Soso. Ich bin darauf hin nach Hause zu meinem (wie ich heute weiß) Übergangsmann gefahren, um ihm diese Neuigkeit zu erzählen, nichts ahnend, dass Männer dieses Thema nicht sonderlich interessiert, da sie sehr selten neue Kleidung brauchen, insbesondere Übergangsjacken. Samstags sind Bea und ich dann frohgemut ins Städtchen gefahren und haben Übergangsjacken mit Hahnentrittmuster gekauft. Die sind in diesem Frühjahr der Renner. Same procedere as every year, Miss Sophie.

Apropos: Typisch deutsch

Bei „typisch deutsch" denkt so mancher an Badelaken auf Pool-Liegen ab Sonnenaufgang. Das liegt mir fern, also, das zu denken, als auch Genanntes zu tun. Dunkles Brot! Tausend Brotsorten gibt es nur bei uns. Böse Zungen behaupten, dass es nur in Deutschland so sei, dass Brot dunkler in den Körper hineinkomme als wieder heraus. Wer macht sich da so zynisch über unsere Brotkultur lustig? Positiv gestimmte Leute erwähnen mitunter des Deutschen wertvolle Eigenschaften, wie Pünktlichkeit, Verlässlichkeit oder Fleiß. Ich weiß nicht. Meiner Meinung nach hat es doch sehr nachgelassen. Als humorig erachtet uns so gut wie kein ausländischer Mitbürger oder Tourist. Ich selber denke bei „typisch deutsch" automatisch an Kartoffelsalat - und eben diesen zu fabrizieren in geschätzt hundert Varianten - und auch das Mitbringen desselben zu jeder Gelegenheit. Ich habe Recht, gell? Wir sind die Kartoffelsalat-Nation. Es gibt wirklich Schlimmeres.

Nasenbluten

Der Hänfling baut sich vor IHM auf. „Gib mir Zigarette!"

ER bleibt notgedrungen stehen. „Ich rauche nicht."

„Gib mir Uhr!"

ER wirft kurz einen Blick auf seine Glashütte-Armbanduhr. „Neeeiin, ganz sicher nicht."

„Dann Geld. Gib mir Geld!"

„Ich denke nicht dran! Und jetzt mach die Biege, Kumpel."

Eine Klinge blitzt auf.

Die bilderbuchmäßige rechte Gerade, blitzschnell und mittig auf die Zwölf, schickt den Hänfling erdwärts, sozusagen auf den Boden der Tatsachen.

Dort unten windet sich dieser. Jammert und schreit. Und blutet die blassgelben Fliesen voll.

ER nimmt sein Handy und wählt die 112.

„Guten Abend, es gibt einen leicht Verletzten am Hauptbahnhof Köln, Seiteneingang Domplatz. Ich warte auf sie.

Mein Name?

Henry Maske."

OK, Boomer!

Wir Babyboomer waren und sind immer und überall zu viele. Wer da nicht über dringend notwendiges Selbstbewusstsein und starke Ellenbogen verfügt landet ganz unten in der Nahrungskette.

Als Kinder wurde um uns nicht viel Geschiss gemacht. Die meist sehr jungen Eltern hatten gerade gebaut, waren sparsam und nähten die Kleidchen fürs Kind aus ausrangierten Erwachsenenklamotten. Das Kind an sich war damals brav und genügsam. Und es gab den Laufstall, der einen am Fortkommen hinderte. Sonntags war selbstverständlich das größte Bratenstück dem Vater vorbehalten, der auch als erstes zugriff, das Kind war zum Schluss dran. Schlechte Esser wurden bisweilen mit einem auf dem Tisch liegenden Kochlöffel daran erinnert, dass der Tellerinhalt in jedem Fall komplett im Magen zu landen hatte. Wenn man, warum auch immer, nicht gehorchte, gab es zwei Wochen Stubenarrest oder vielleicht auch Fernsehverbot, was in den 60er-Jahren des letzten Jahrhunderts die absolute Höchststrafe darstellte.

Es folgt das (unvollständige) Zeitzeugnis einer 1961 geborenen Babyboomerin:

60er: Klassen mit 35 Schülern, 3-4 Parallelklassen, Kriegsversehrte in fast jeder Familie, Nazi-Verwandtschaft schwieg man tot, es gab nur ein einziges Geschenk zu Weihnachten oder Geburtstag, Sandmännchen, Sonntagsspaziergänge, endlich Fernsehanschluss für den schwarz-weiß-Röhrenfernseher mit Zimmerantenne und Testbild, vielleicht ein eigener Telefonanschluss, Elternstolz auf ein eigenes Auto, unbeschwerte Kindheit, Schlittenfahrt auf der abschüssigen Hauptstraße, Dorfschule, aufgetragene Kleidung, Eltern sparten sich den kleinen Luxus vom Munde ab, der Vater war Alleinverdiener, deutsche Schlager, Samstag Badetag, Montag Waschtag, Freitag Putztag, Kinderfreizeiten von Kirche, Kennedy ermordet, Monroe tot, Mondlandung, Woodstock, Hippies, Anti-Baby-Pille.

70er: Jugendzentrum, immer noch Hippies, Rockmusik, Lagerfeuer mit Gitarrenspiel, Hitparade, Disco, Lehre, Führerschein, Lehrstellenmangel, massenhaft Bewerbungsschreiben ohne Antwort, ganze Familie Samstags vorm Fernseher, Samstag war Autowaschtag, Bowle, Mettigel, kalte Platten, Kartoffelsalat und Würstchen, Klassenfahrten, Berufsabschuss, Freiheit, Lambrusco im Park, Würstchen im Burggrill, Abhängen beim Büchler, Schlaghosen, die erste Liebe, gelbe Telefonzellen, Farbfernseher, Kassettenrecorder, 3-Päpste-Jahr, Trimm-Dich-Pfad, elektrische Schreibmaschine, Kellerbar, Levis 501, Nato-Parka, gestrickter Schal bis zum Boden, weiße Turnschuhe, Jeansjacke (nur von Levis), Haarbürste in linker Brusttasche, Che Guevara-T-Shirt.

80er: Kohlregierung, Heirat, Familiengründung, Samstagabendbesuche der Freunde, lukrative Vollzeitjobs, Familiengründung, Hausbau, Konzerte, Vereinsleben, Mauerfall, volle Kneipen, Rauch, Bier, Berentzen Apfel, Stiefel trinken, Zauberwürfel, Dauerwelle, erste Fernreisen, Fax, Tschernobyl, schnurloses Telefon, Privatfernsehen, CommodoreC64, Floppys, Aerobic, Charles heiratet Diana, Karottenjeans, Bundfaltenhose, Schulterpolster.

90er: freier Reiseverkehr in Europa, Golf-Krieg, Jugoslawien-Krieg, Gartenpartys, Handy, Vollbeschäftigung, Wohlstand, Freiheit, Stadien-Konzerte, Millenium-Angst, erste PC-Erfahrung, Tod von Diana, Disketten, CD, Tussipalme, Neonklamotten, Handy, Nagelstudios, volle Kneipen, Feten bis morgens um sechs.

00er: 11. September 2001, Flachbildschirme, Euroeinführung, aus Euro wird im Volksmund der Teuro, Leben in Wohlstand bis zur Finanzkrise 2008/09, Merkelregierung, Smartphone, Sudoku, W-Lan, 2004 Weihnachts-Tsunami Asien, USB-Sticks.

10er: Streamingdienste, Massentourismus, immer noch Merkel, 2012 erhält die Europäische Union den Friedensnobelpreis, 2015 Deutschland erleichtert den Zuzug von Flüchtlingen aus dem arabischen Raum, Atomausstieg, Silvester 15/16 belästigt ein arabischer männlicher Mob einheimische Frauen überall in Deutschland, insbesondere in Köln auf der Domplatte.

20er: 20-23: Drei Jahre Corona mit Ausgehverbot, Homeoffice, Maskenzwang, Impfzwang für Gesundheitspersonal, Aushebelung des Grundgesetzes, Unmenschlichkeit, Denunzierung von Impfunwilligen. Plötzlich Nahrungsmittelknappheit, Medikamentenknappheit, Klopapierknappheit, Nudelknappheit, Krieg in der Ukraine, Hochwasser im Ahrtal, Frachtschiffstau, Elektrogerätemangel, Gefühl von Fremdbestimmung, Gesetzgebung im Krisenmodus, Philip stirbt, Elisabeth II stirbt, dunkles Weihnachtsfest 2022 durch Energiesparempfehlung der Regierung, Migrantenflut in Europa und in die deutschen Sozialsysteme.

Die Nachcoronazeit: Investitionsstau, kaputte Brücken, kranke Bahn, leere Kommunal- und Länderkassen, Wirtschaftskrise, Hitzekrise, Klimakrise, Wasserkrise, Stromkrise, Gaskrise, Antibiotikakrise, Krankenhauskrise, Inflation, starke Verteuerung von Lebensmittel und Energie, Firmen wandern ab, junge Akademiker wandern aus, Kriege im Nahen Osten, in der Ukraine, nicht mehr alles jederzeit verfügbar, hohe Mieten, Wohnungsmangel, Fachkräftemangel in Dienstleistungs- und Medizinberufen, Arbeitskräftemangel im Handwerk, gleichzeitig Massenentlassungen in der Industrie, Work-Life-Balance, hohe Migrationsrate auch durch ukrainische Flüchtlinge, Strom sparen, Gas sparen, Neuordnung der Weltmächte, Gefahr durch nukleare Waffensysteme, Heizungsenergiegesetz, Künstliche Intelligenz, Transformation, Ampel-Regierung.

Wir Boomer haben goldene (Friedens-)Zeiten erlebt durch unseren Fleiß und die Tüchtigkeit unserer Eltern und Großeltern. Wir waren immer zu viele. Auch jetzt. Die Kohorte der Babyboomer geht in Rente. Was jahrzehntelang vorhersehbar war stellt die Politiker nun vor Riesenprobleme. Stichworte Fachkräftemangel, Rentnerschwemme, Pflegenotstand. Die junge Generation verspottet uns. Alter weißer Mann klingt noch freundlich. Eine Greta Thunberg schreit uns an, wir hatten ihre Jugend geklaut. Sie machen uns verantwortlich für Klimawandel und Schneeschmelze. Wir machen angeblich ihre Zukunft kaputt. „Okay Boomer!" ist das neue Schimpfwort und wird gerne einem älteren Mitmenschen entgegen geschleudert, der in der Regel seit seinem sechzehnten Lebensjahr Leistung erbracht hat oder noch erbringt, sowohl im Beruf, als auch im Ehrenamt, als auch in der Familie. Auf der Arbeit wollen sie uns loswerden, weil wir digital behindert seien. Und doch schreien die Firmen nach den verlorenen Facharbeitern, gerade im Handwerk. Doch Arbeitslose über 58 bleiben arbeitslos. Die Überstundengeneration dankt ab und geht in den verdienten Ruhestand mit einer ärmlichen Rente. Die Inflation trägt dazu bei, dass der normale „Eck-Rentner" am Monatsende die Säckel leer hat.

Die Boomer haben Wehwehchen, brauchen Körperersatzteile und merken Pflegenotstand, Kliniknotstand, Ärztenotstand, wenn der Rettungswagen fünf Kliniken anfunken muss, bevor er den Schlaganfall abliefern kann. Wohin mit den vielen alten Boomern, die künstliche Hüft- und Kniegelenke haben wollen und Herzinfarkte und Hirnschläge kriegen, die irgendwann auf Heimplätze angewiesen sind, wo doch die Kranken- und Pflegekassen in den Miesen sind. Die Babyboomer treten langsam ab. Der Boomer an sich kommt auch mit den neuen Sorgen nicht mehr zurecht und freut sich im Geheimen über die Gnade der frühen Geburt.

Was soll der Boomer halten von einer Regierung im Dauerstreit und im ständigen Krisenmodus, die uns mit leichter Sprache Phrasen um die Ohren haut, von Angst um Erspartes und unsicheren Renten, miserabler Schulbildung, alt gegen jung, Migranten gegen Einheimische, Genderwahn, und die Hofierung von Minderheiten, von Männern die Frauen sind und umgekehrt, von Kindern, die Alte nicht mehr respektieren oder gar beschimpfen, von kolonialer Schuld und von Frauen, die sich in Deutschland nicht mehr sicher fühlen. Was hält der Babyboomer von No-go-Aeras in Städten, von KI, von Zeitenwende, Verkehrswende, Energiewende, Wärmewende, und dass jetzt alle ein Stück weit ärmer werden sollen. Was hält der Boomer von den ganzen NGOs und der erneut aufflammenden Judenverfolgung in Europa?

Wenn dem geneigten Babyboomer die ganze neue infantile Regenbogen-Einhornwelt zu gaga wird, und der irritierte Babyboomer mit dem ganzen neumodischen Kram nicht mehr klarkommt , wenn der erschrockene Babyboomer den lauten Ruf nach Kriegstüchtigkeit überhören will, dann denkt besagter Boomer an die gute alte Zeit, und vertieft sich in antiquierte Belletristik neben dem knisternden Kamin und der dampfenden Tasse Tee, oder lädt andere Boomer in den ebenfalls antiquierten Partykeller ein, um mit Bowle, Mettigel und Deep Purple die Vergangenheit zu feiern.

Wie das Leben so spielt

Sie setzte sich und schlug ihre wohlgeformten, unbestrumpften, langen Beine lässig übereinander. Die Füße steckten in klassischen nudefarbenen Wildleder-Pumps. Das lindgrüne Chanel-Kostüm umschloss ihre schlanke Figur wie eine zweite Haut und gab ihr eine anmutige, fast königliche Erscheinung. Die sanfte Farbe der Kleidung unterstrich das dunkle ausdrucksstarke Grün ihrer Augen, und als Akzent setzte der lockere Dutt des mittelblonden Haares dem Auftritt den i-Punkt auf. Frau van der Meer war eine außergewöhnlich schöne Frau. Es gab nur ein kleines aber wichtiges Detail, das an der absoluten Vollkommenheit dieser beneidenswerten Person einen Makel offenbarte: Kohlrabenschwarze breite Striche ersetzten, in einem grotesk hohen romanischen Bogen, die ursprünglich gewachsenen Brauen und verliehen dem edlen Gesicht leider den Ausdruck des Dauererstauntseins.

Just in diesem Augenblick betrat Herr van der Meer, der Ehemann, den Raum. Er war nicht minder elegant gekleidet, formvollendet im Umgang mit seiner Frau und auch mir gegenüber. Die beiden begrüßten sich mit einem Wangenkuss und nahmen dann gegenüber meines Schreibtisches ihren Platz ein.

Ein solches Paar hatte ich in meiner Praxis für Eheberatung noch nicht erlebt. In der Regel flogen die Fetzen, es wurden sich unterschwellige oder durchaus klar formulierte Gemeinheiten an den Kopf geworfen, oder noch Schlimmeres. Trotz des gepflegten Umgangs miteinander war mir bereits nach dem ersten Gespräch mit den neuen Klienten van der Meer klar, dass die beiden sich weitere Beratungsstunden bei mir ersparen konnten. Ich verkündete mein Urteil. Frau und Herr van der Meer hatten sich in ihrer 15-jährigen Ehe um Welten auseinandergelebt. Sie waren sich so dermaßen egal, da tat auch nichts mehr weh. Friedlich und fröhlich beschlossen die beiden schon in der ersten Beratungsstunde, nun doch endgültig einen Schlussstrich unter die Ehe zu setzen. Sie hatten sich bisher nicht dazu durchringen können, aber jetzt gab ich als Fachfrau meinen Segen zur Trennung. Im Grunde war es eher meine Aufgabe Ehen zu retten, und nicht, diese zu beenden. Aber in diesem Falle waren Hopfen und Malz verloren. Keiner der beiden würde schrecklich leiden, im Grunde hatten sie bereits alle Formalitäten und Vermögensverhältnisse geklärt. Kinder und Haustiere gab es nicht. Somit würden Mann und Frau ohne Altlasten zukünftig ein gutes Leben auch ohne den anderen führen können. Und so waltete ich sozusagen meines Amtes und ersparte mir die Strategie eines Versöhnungsversuches. Die beiden waren versöhnt.

Zwei Tage später erwartete mich meine erste Tanzstunde des Tango Argentino. Seit meinem Urlaub in Buenos Aires vor einem halben Jahr war ich verrückt nach diesem sinnlichen Tanz und hatte mich durchgerungen, diesen auch endlich perfekt zu beherrschen. Ich war sehr aufgeregt, es würde für mich eine gänzlich neue Erfahrung sein, mit einem mir fremden Partner einen so gefühlvollen und erotisch anmutenden Tanz zu erleben. Zu meiner Überraschung kannte ich meinen mir zugeteilten Tanzpartner bereits, wenn auch nur sehr flüchtig. Jan van der Meer geleitete mich aufs Parkett, und wir tanzten zusammen, als hätten wir beide nie etwas anderes gemacht.

Am kommenden Samstag feiern wir unsere Silberhochzeit. Und den Tango Argentino beherrschen wir seit Jahren in Perfektion.

Das stille Leiden der Introvertierten in der heutigen Spaßgesellschaft

Introvertierte sind in der jetzigen Zeit nicht mehr en vogue, nicht mehr in, sozusagen.

In einer Welt, in der vorwiegend die Lauten und Extrovertierten den Ton angeben, übersieht man die Zurückgezogenen leicht. Sie meiden Veranstaltungen und Menschenmassen, fühlen sich dabei ausgesprochen wohl, brauchen aber für ihr Verhalten nicht auf das Verständnis von Bekannten, den Arbeitskollegen, gar der Familie und schon gar nicht der Allgemeinheit zu hoffen. Ganz im Gegenteil: Durch ihre zurückgenommene Art werden Introvertierte nicht selten als arrogant, seltsam, unangepasst, komisch, schüchtern, unsozial, langweilig oder humorlos empfunden - schlimmstenfalls gar als „komischer Kauz" oder „nicht ganz dicht" hingestellt.

Wenn Introvertierte dahinterkommen, tut es ihnen schon ganz schön weh. Sie können sich nicht ändern. Ab und zu versuchen sie es, doch eine Party, ein Kaffeekränzchen oder selbst Smalltalk strengt sie über die Maßen an, raubt ihnen Energie und Seelenfrieden. Denn das sind sie. Ruhige Seelen, zufrieden mit sich und ihrem Leben, meist intelligent, belesen und starke Zuhörer. Introvertierte ruhen in sich selbst, sind mit sich im Reinen, legen viel Wert darauf, Zeit mit sich selber zu verbringen, auch wenn dies selten auf Verständnis stößt.

Durch die Zurückgezogenheit ergeben sich womöglich sogar Benachteiligungen im Berufsleben oder im Familienverbund. Dadurch, dass sie der stille Part sind, werden Introvertierte übersehen. Sie werden regelhaft falsch eingeschätzt, weil sie nicht laut „Hier!" rufen. Introversion ist aber nicht gleichzusetzen mit Schüchternheit, denn es liegt in ihrem Verhalten keine Ängstlichkeit vor Menschen vor.

Außenstehende suggerieren dem Introvertierten oft eine unnormale Verhaltensweise. Es wird der Person die selbst gewählte Einsamkeit nicht zugestanden. Introvertierte verlassen daher von Zeit zu Zeit ihre Komfortzone, ihre Wohlfühlzone, um nicht noch mehr in Bedrängnis zu geraten und besuchen dann doch das ein oder andere Event. Oftmals langweilen sie sich dann aber in Gesellschaft und wünschen sich in ihr meist behagliches Zuhause zurück. Daher wirken Introvertierte auf Veranstaltungen nicht selten reserviert oder desinteressiert, was wiederum zu Spekulationen führen kann, worunter Introvertierte wiederum still leiden. Ein immerwährender Kreislauf.

Pech gehabt

Es ist Donnerstagmorgen, 4.50 Uhr in der Früh. Im eiskalten Wind stehe ich in der letzten Novemberwoche am Bahnsteig 1 Limburg-Süd, Richtung Frankfurt. Ist es nicht so, dass es an einem solchen Bahnsteig im Freien gefühlt 10° kälter ist als das Thermometer anzeigt? Eine Gruppe Frauen, mit einer Gruppe farbenfroher Koffer, lamentiert schon so zeitig am Tage, Sekt-lastig und vor Aufregung gegeneinander und übereinander, in schrillen Kaskaden.

Wenn ich es recht verstehe, fällt wohl der Zug nach Köln aus, von wo aus doch der Flieger in Bälde nach Palma startet. Nun, der wird kaum warten, da wäre ich auch hysterisch.

Ich bin ganz glücklich, dass ich nur nach Frankfurt will und dazu noch meine Umsteigezeit in den ICE nach Hamburg äußerst großzügig eingeplant habe. Ein Segen ist das, denn die Anzeigetafel und auch die Durchsage teilen mir mit, dass mein Zug nach Frankfurt wegen Brückenarbeiten zwanzig Minuten verspätet sei. Sowas aber auch. Am Bahnsteig gibt es weder Cafe noch Toilette. Da können zwanzig Minuten in Eiseskälte ziemlich lange werden. Ich mache mir aus Verzweiflung derweil schöne Gedanken. Warum stehe ich überhaupt hier, so früh am Tag und so spät im Jahr? Vor vier Wochen meldete sich meine langjährige Freundin Brenda bei mir, die ich auch schon langjährig nicht mehr gesehen hatte. Vor sechzehn Jahren beschloss sie nach Australien auszuwandern, und dieses Vorhaben hatte Brenda auch in der Tat umgesetzt. Seither hatten wir uns nie aus den Augen verloren, dank WhatsApp, Kontakt per Ton und Bild, bewegt und starr.

Brenda eröffnete mir nun vor eben vier Wochen freudig, dass sie demnächst nach Hamburg kommen werde, und ob wir uns nicht sehen könnten. Klar, die Entfernung Westerwald – Hamburg ist für australische Verhältnisse überschaubar. Ich sagte ebenfalls freudig direkt zu und buchte ICE hin und rück - 1. Klasse, aus Hoffnung auf Bequemlichkeit und weniger Mitreisende - und ein Hotel in Bahnhofsnähe. Jetzt war es soweit. Am Nachmittag würde ich meine Freundin in die Arme nehmen wie in uralten Zeiten, wir würden viel Spaß haben, auch wie in uralten Zeiten.

Wo immer ich damals mit Brenda auftauchte, war sie der strahlende Blickfang: Grazil, mädchenhaft und wunderschön, mit dunklen Augen, langen schwarzen Haaren und kakaofarbigen Teint. Ein Aussehen, dass sie ihrer Heimat, den Seychellen, verdankt. Anhand von aktuellen Fotos ahne ich, dass diese faszinierende Ausstrahlung noch immer besteht.

Der Zug kommt. Wenn die Türen aufgehen muss ich dringendst das Zug-Klo blockieren. Hoffentlich funktioniert es, man hört ja so allerhand.

Leicht und locker erreiche ich mit dem 25 Minuten verspäteten ICE den Hauptbahnhof Frankfurt. Meine Uhr sagt mir, es bleiben zehn Minuten Umsteigezeit. Easy, kein Problem. Mein Zug hält an Gleis 4 am Kopfbahnhof Frankfurt/Main. Ich bin - leider – nun im letzten Wagen, der in Limburg der erste Wagen war.

Das Gerenne geht los. Mit Gepäck und Winterjacke durch Menschentrauben und Kofferstapel Richtung Kopfsteig, am doppelten ICE entlang. Wie viele Meter sind das? Keine Ahnung. Bin bei der Ankunft am Kopfsteig schon relativ schlimm außer Atem, und muss noch mehr Menschen im Zickzack ausweichen. Mein ICE nach Hamburg geht von Gleis 12. Lauf, lauf, lauf, schnauf. Klasse 1 ist auch hier - hinten. Nach kurzem Durchschnaufen renne ich nun an Gleis 12 bis hinaus aus dem Gebäude, um passend in meinen Wagen einzusteigen. Kurz vor einem befürchteten Herzinfarkt lehne ich halbtot an einer Infotafel und warte auf die Ankunft des Zuges. Noch zwei Minuten. Ich bin gut. Richtig gut. Ich schaue mir vergeblich die Augen aus nach meinem Zug. Ich kann keinen entdecken.

Gegenüber auf dem übernächsten Gleis, da fährt einer ein.

Durchsage: Der einfahrende ICE 98 nach Hamburg-Altona fährt heute ausnahmsweise von Gleis 10.

Ich höre wohl nicht richtig. Gepäck gekrallt und Winterjacke, die ich schon längst wegen Hitzewallungen ausgezogen habe, und so schnell es meine Kräfte erlauben, laufe ich am Bahnsteig 12 entlang Richtung Kopfgleis. In einer Minute fährt der Zug ab. Das schaffe ich niemals. Japsend umschiffe ich auf dem Kopfgleis die Menschen, die sich mir in den Weg stellen, um gerade noch rechtzeitig in den ersten Wagen ICE 98, Gleis 10, zu springen, bevor sich die Türen schließen.

Selbstverständlich ist es der falsche Waggon. Ist schon mal jemand einen ganzen doppelten ICE lang durch alle Wagen gerobbt und gegrätscht, um an den allerletzten zu gelangen - Klasse 1 - Sitzplatz 44?

Nach einer halben Stunde habe ich es gemeistert. Mein Platz ist besetzt. „Entschuldigung, ich habe reserviert." „Das kann ja jeder sagen." Ich entscheide mich für Diplomatie, auch wenn mich nach anderem dürstet. Nachdem ich dem unwilligen Herrn meine Sitzplatzreservierung unter die Nase gehalten habe, räumt er den Platz, wenn auch äußerst missmutig. Ich erfahre, dass er auch diesen Platz hatte, aber in dem ICE der ausgefallen sei. Er sei umgebucht worden. Tja, Pech gehabt, denn dies hier ist definitiv mein Sitzplatz, und zum ersten Mal habe ich in all der Bahnhofs- und Zugmisere das Glück auf meiner Seite. Außerdem ist mir jetzt klar, warum dieser Zug so gestopft voll ist. Der Herr wird nicht der Einzige sein, der mit dem Zugausfall konfrontiert wurde.

Nun verläuft meine Fahrt nach Hamburg reibungslos.

Ich möchte noch erwähnen, dass wir wunderschöne Stunden verlebt haben, und das Brenda auch im fortgeschrittenen Alter nichts von ihrer exotischen Strahlkraft eingebüßt hat.

Ich möchte auch noch erwähnen, dass es bei der Heimreise mit der Bahn selbstverständlich zu erheblichen Problemen kam, inklusive Umbuchung, umgekehrte Wagenreihung und einem langsamen Zug vor unserem Schnellen, der alles blockierte. Ich hatte das Pech, stundenlang neben einem Mann sitzen zu müssen, der tags zuvor reichlich Knoblauch genossen hatte. Aber es hätte alles noch deutlich schlimmer kommen können. Ich will nicht jammern.

Der Liebesbrief

Ina gießt sich den dampfenden Kaffee ein, um mit dem köstlichen Getränk die letzten Sonnenstrahlen dieses schönen Februartages auf ihrer Terrasse zu genießen. Der Nachbarjunge winkt ihr kurz zu, dann widmet er sich wieder seinem Freund und dem nassen Fußball. Heute ist der erste wirklich schöne Tag dieses noch recht neuen Jahres. Im nach hinein war es doch eine gute Idee gewesen, dass Haus zu verkaufen und sich in dem neu errichteten Mehrgenerationenhaus einzumieten. Wochenlang hatte sie mit sich ringen müssen, hatte Bauchschmerzen gehabt und schon um das eigene Haus getrauert, fast wie einst um ihren Mann und ihre Tochter. Beide waren vor einigen Jahren bei einem Verkehrsunfall ums Leben gekommen. Für Ina brach damals ihr komplettes Leben weg, von einem auf den anderen Tag, wie aus dem Nichts. Das Haus mit seinen Erinnerungen war alles, was von der kleinen Familie geblieben war. Schließlich hatte sie sich schweren Herzens dazu entschlossen, ihr Leben umzukrempeln, ganz neu durchzustarten, was auch den Verkauf des Hauses einschloss. Mittlerweile ist sie froh, diesen Schritt gegangen zu sein.

Ina steht nun wieder mitten im Leben. Der Beruf und die ehrenamtliche Tätigkeit bei der Tafel fordern sie, die Wohngemeinschaft erfüllt sie, und ihre Freizeit gestaltet Ina erholsam und entspannend.

Sie stellt gerade den leeren Kaffeebecher in die Spülmaschine, als ihr Smartphone vibriert. In der Annahme, dass es ihre Freundin sei, ergreift sie es augenblicklich. Doch es ist eine Nachricht auf WhatsApp. Eine schöne Nachricht. Ina wird zum 25jährigen Abi-Jubiläum eingeladen. Kaum zu glauben. So lange schon ist es her, dass man ins Leben entlassen wurde. Und es ist ein Segen, denkt Ina, dass es ehemalige Mitschüler gibt, die immer wieder versuchen, die eingeschworene Truppe von damals zusammenzuhalten. Es hat doch einige in die Ferne gezogen, sogar bis nach Neuseeland. Beim letzten Treffen zum 20sten waren alle da, selbst Frank war aus Wellington angereist. Natürlich nicht ausschließlich zum Abi-Treffen, aber immerhin hatte er seinen jährlichen Urlaub in der alten Heimat entsprechend in diesen Zeitraum eingeplant.

Ina muss grinsen. Ob Lars auch wieder da sein würde? Lars, der Mädchenschwarm der ganzen Schule. Der Lars, der eine Baronin geehelicht und den wohlklingenden Namen seiner Gattin angenommen hat. Lars Baron von Leuchtenberg ist auch wirklich schöner als Lars Hintenboden. Dieser scheußliche Nachname hatte dem Traumtypen immer etwas von seinem Glanz genommen. Inas Herz macht einen Hüpfer. Ob Hauke auch kommen wird? Ihr Hauke. Mit ihm war sie am Ende der Schulzeit zusammen. Als sie damals das Abitur machten, planten sie gar eine gemeinsame Zukunft. Hauke wollte Tierarzt werden. Er war ein feinfühliger besonnener Mensch, der Beruf hätte gut zu ihm gepasst. Ina freute sich damals auf das Pharmaziestudium. Doch sie hatten sich kurz nach dem Abitur aus einem nichtigen Grund so sehr gezofft, dass sie sich trennten. Seitdem hatten sie keinen Kontakt mehr. Ina hatte ihren Mann Felix kennengelernt und war ihren Weg gegangen. Seit Felix in ihr Leben trat, hat sie eigentlich nie wieder ausgiebig an Hauke gedacht, obwohl er ihre erste große Liebe war. Es war eine romantische Liebe gewesen, Hauke hatte ihr jede Woche einen Liebesbrief mit der Post geschickt, geschrieben mit roter Tinte, und dass, obwohl sie sich jeden Tag sahen. Ina lächelt in sich hinein. Ach ja, Hauke. Er wird wohl bei der Feier nicht dabei sein, so, wie auch zu den vergangenen Abi-Feiern. Niemand weiß, wo er abgeblieben ist.

Während sie sich die Reste des gestrigen Auflaufs in die Mikro schiebt, meldet sich erneut ihr Smartphone. Nun ist es Silvia, eine der Kleeblattfreundinnen von damals. Silvia schreibt, dass sie sich freue, alle von damals wiederzusehen, und auch Manu, die dritte im Bunde, habe schon zugesagt. Na bitte, das Kleeblatt wird wieder vereint sein. Ina freut sich in der Tat. Zu Manu hat sie nur noch eine lockere Beziehung, mit Silvia trifft sie sich dafür umso öfter. Ina beschließt, die beiden Morgen anzurufen.

3 Wochen später:
Ina hat sich aufgebrezelt. Auch mit 44 kann sie hinreißend aussehen, wenn sie es darauf anlegt. Und heute legt sie es darauf an. Sie will keineswegs als verhärmte Witwe wahrgenommen werden, sondern als das beste Beispiel für das blühende Leben. Ihre rehbraunen halblangen Haare fallen in leichten Wellen auf die Schultern, die dunkelbraunen Augen umrahmen lange Wimpern mit schwarzer Mascara, die schmale Taille wird von einem breiten Gürtel betont, die Füße stecken in halbhohen grauen Wildlederstiefeletten, die ein Vermögen gekostet haben. So kann ich gehen, spricht Ina zu sich selbst, zufrieden mit ihrem Spiegelbild. Sie schenkt sich ein Lächeln und verlässt das Haus.

Silvia und Manu sind schon da. Was für ein Hallo. Und es beginnt das muntere Rätselraten, wer als nächstes seinen Kopf durch die Tür steckt. Die meisten Mitschüler von damals haben sich nicht so sehr im Aussehen verändert. Bisher wusste jeder, wer da den Raum betrat. Auch der schöne Lars ist schon vor Ort. Und er ist immer noch beneidenswert gutaussehend. Chapeau!
Die drei Grazien genehmigen sich schon einen Sekt an der Bar, mittlerweile dürften die Ehemaligen soweit vollständig vor Ort sein. Der Abend ist fortgeschritten, die Stimmung gut und unbeschwert, alte Schulweisheiten, -begebenheiten und -streiche sind wieder aus

den hinteren Gedächtnisschubladen herausgekramt worden, als Manu ungläubig die Hand vor den Mund schlägt, und ihre kugelrunden Augen Silvia und Ina dazu bringen, sich umzudrehen. In der Tür steht Hauke. "Da ist er ja endlich", lässt sich Silvia vernehmen, "ich dachte, er kommt doch nicht." Inas Herz schlägt wild in ihrer Brust. "Ich verstehe nicht", raunt Ina, "wusstest du, dass Hauke kommt? Und wieso sagst du mir nichts?" "Weil ich dich überraschen wollte. Und ich fand das jetzt nicht soooo wichtig. Alexa hat doch gesagt, sie hat alle informiert, und nur Frank hat abgesagt und auch Britta aus München. Von Hauke war keine Rede. Alexa und er haben Kontakt über Facebook. Hauke ist seit drei Jahren wieder in der Gegend. Er ist Pfarrer - in Wiesbaden - und nicht verheiratet", lässt sie die beiden Freundinnen noch wissen, nicht ohne ein verschmitztes Zwinkerauge in Inas Richtung zu schicken. "Pfarrer sind nie verheiratet", und überhaupt...", Ina ist irgendwie außer Fassung geraten. "Evangelische zuweilen schon", säuselt Manu. Hauke hat sich aus der ihn umgebenden Menge freigeschaufelt und strebt nun gezielt Richtung Kleeblatt. "Ich muss mal...", Silvia winkt Hauke kurz zu und wendet sich ab. "Ich komme mit", lässt sich Manu vernehmen, und schon steht Ina alleine am Tresen.

3 Monate später:
Das Smartphone zeigt eine neue Nachricht von Hauke an. Seit der Feier vor einigen Wochen haben sich Ina und Hauke angenähert, sie sind zwei-, dreimal zusammen ausgegangen, telefonieren häufig und schreiben sich Nachrichten per WhatsApp. Die beiden haben ihre Unklarheiten von damals aufgearbeitet und festgestellt, dass es wirklich sehr dumme Missverständnisse waren, die zu dem Bruch geführt hatten. Hauke ist nicht Tierarzt geworden, so wie Ina nicht Pharmazie zu Ende studiert hat. Er hatte den Pfarrberuf für sich entdeckt und liebt diese Tätigkeit sehr. Mit Leib und Seele ist er Pfarrer und Seelsorger in seinem Bezirk, geheiratet hat er nie. Ina ist

Bibliothekarin und Witwe. Das bietet viel Stoff für lange Gespräche. Hauke fragt an, ob sie am Wochenende schon etwas vorhat. Nein, hat sie nicht.

10 Monate später:
Ina kommt beschwingt von der Arbeit. Heute war wieder einer dieser Arbeitstage, die ganz besonders viel Spaß machen. Der Nachbarjunge kickt seinen Fußball in ihre Richtung, und sie schießt lachend zurück. Im Briefkasten warten Bettelbriefe und Werbung, es ist kurz vor Weihnachten. Das Wetter ist wenig weihnachtlich, dafür ist Inas Stimmung umso besser. In diesem Jahr hat sie viel Schönes erlebt, die Beziehung zu Hauke ist wieder aufgelebt, vorsichtig, umsichtig. Sie wirft den Packen Papier auf den Küchentisch. Gleich, denkt sie. Doch halt, da ist eine Weihnachtskarte oder so was dazwischen. Ina friemelt den Schrieb heraus.

Es ist ein Umschlag ohne Absender, geschrieben mit roter Tinte.

Dumm gelaufen

Andys Blick wandert durch den schmucklosen Raum. Ein Tisch, zwei Stühle, kein Tageslicht, eine Beamtin neben der einzigen Tür, die ihn nicht aus den Augen lässt. Soll er schreien, weinen, beten, die Stühle durch den Raum werfen? Es wird nichts nützen. Er, Andreas Berger, Makler für hochpreisige Immobilien, sitzt im Knast. In Untersuchungshaft, genau genommen.

Als die Tür sich öffnet, springt Andy auf. Die Beamtin weist ihn sofort per Handzeichen und immerhin einem leisen „Bitte" darauf hin, dass er sich wieder setzen möge. Groß, fast den Türrahmen ausfüllend, betritt Matze den ungastlichen Raum. Markus Kern, sein Freund aus Kindertagen, Rechtsanwalt in dritter Generation, sein Anwalt. Niemanden möchte Andy in der jetzigen Situation lieber sehen als Matze, den Fels in der Brandung. „Gott sei Dank, dass du da bist." Andy kämpft mit den Tränen. Matze schüttelt die graue Mähne: „Sag mal, was hast du dir denn dabei gedacht, Kumpel?", und weiter in einem Atemzug, „von Laura soll ich dir ausrichten, dass sie übermorgen mit den Kindern nach Kreta fliegt, wie gebucht. Egal ob du mitfliegst oder nicht. Sie ist ziemlich sauer." Andy stöhnt auf. „Du haust mich doch hier raus, Matze. Das tust du doch für mich?" Markus Kern zuckt mit den Schultern, was Andy nicht gerade als eine hoffnungsvolle Geste erscheint.

„Jetzt erklär mir erst mal die Lage, lass nichts weg, beschönige nichts, Du musst mir genau erklären was war. Also, ich höre." Andy setzt sich auf dem unbequemen Holzstuhl kerzengerade auf, legt die Hände auf den Tisch, räuspert sich und fängt zu erzählen an: „Ich hatte gestern einen wichtigen Geschäftstermin bei Westerburg. Ich war viel zu früh, und es war ja auch schon um halb acht brütend heiß. So beschloss ich, als ich am Wiesensee vorbeifuhr, eine Pause einzulegen, um mich kurz in die Fluten zu stürzen, wie ich es oft mache. Dummerweise hatte ich nicht, wie eigentlich sonst immer, Badesachen dabei, da Laura schon die Koffer für Kreta zusammenpackt. Ich sah mich um, die Sehnsucht nach einer Abkühlung war riesengroß, es war weit und breit keine Menschenseele zu sehen. Ich parkte mein Auto etwas abseits des Weges, zog mich komplett aus, legte meine Kleidung auf eine Bank und ließ mich ins Wasser gleiten." Andy legt eine kurze Satzpause ein, so, als suche er nach den richtigen Worten. „Das war so wohltuend, dass ich weit hinausschwamm und ein wenig die Zeit vergas. Die Kirchturmuhr von Pottum erinnerte mich an meinen Termin, so dass ich mich wieder gemächlich kraulend auf den Rückweg machte. Ich entstieg dem Wasser, als just eine alte Dame um die Kurve kam. Sie stieß noch einen kurzen Schrei aus und fiel rückwärts um, wie ein gefällter Baum. Ich rannte ihr zu Hilfe, sie tat keinen Mucks. Nachdem ich die Vitalfunktionen geprüft hatte, begann ich mit der Herzdruckmassage und der Mund-zu-Mund-Beatmung. Ich war gerade sehr beschäftigt, als ein junges Paar mit Hund die lange Gerade auf uns zukam. Die Frau hielt ihr Smartphone auf mich gerichtet und filmte wohl die Aktion. Der Mann beschimpfte mich in den höchsten Tönen als Schwein und Vergewaltiger. Ich hatte gerade keine Zeit, mich groß um sein Geschrei zu kümmern, da ich noch mit der alten Dame und ihrem leblosen Zustand beschäftigt war. Mir war auch nicht wirklich bewusst, dass ich komplett nackt halb über dieser lag. Das Pärchen war noch am Filmen und am Lamentieren, als die alte Dame zu sich kam. Ich freute mich sehr und lachte sie an, da fing sie an Zeter und Mordio zu schreien. Sie zappelte mit Armen und Beinen und fiel gleich wieder in einen traumlosen Schlaf. Ich ließ von ihr ab, alte Dame hin oder her, mir war sie jetzt egal, es ging um meine eigene Haut. Mittlerweile stand der schreiende Kerl dicht vor mir und ließ mich wissen, dass ich ein elender Mörder sei. Ich sprang auf und lief in Richtung der Bank, wo meine Klamotten auf mich warteten. Sie waren nicht da. Ich rannte um die Bank herum, ratlos, hilflos. Sakko, Unterhose und alles was dazugehörte, blieb verschwunden. Mittlerweile hatte die Töle mich gestellt und stand bösartig bellend vor mir. Zu dem Paar hatte sich nun auch noch ein Mann mittleren Alters gesellt, der seinen Stock drohend in meine Richtung stieß und irgendwas von „Exhibitionist" faselte. Der Typ mit dem Hund hatte sich jetzt drohend vor mir aufgebaut, bereit mich zu packen, da habe ich ihm voll eins auf die Glocke gehauen. Er fiel um, ganz gerade nach hinten. Rumms. Es war plötzlich wunderbar ruhig. Selbst der blöde Hund hat nicht mehr gebellt.

Einer von denen hatte aber schon die grüne Minna alarmiert, wie ich mit Erschrecken feststellen musste. Als der Streifenwagen sich den Weg zu mir bahnte, ahnte ich, das war nicht mein Tag. Mein überaus wichtiger Termin war geplatzt, meine Kleidung war verschwunden, meine Geschichte würde kein Mensch glauben, kurzum, ich war erledigt. So war das." Andy ist mittlerweile zusammengesunken und ruckelt sich erschöpft auf dem harten Stuhl zurecht. „Heilige Scheiße!" sagt Matze. „Und wo waren deine Anziehsachen? Du trägst sie doch jetzt?" „Auf der anderen Bank, 20 Meter weiter hat die Polizei sie gefunden." „Übrigens, die alte Dame ist gestorben, sie ist in der Gerichtsmedizin," eröffnet der Anwalt seinem Freund Andy. Andy sagt nichts und regt sich auch nicht. "Und der Mann, den du ausgegnockt hast, liegt im Koma, er ist mit dem Hinterkopf auf einen Stein geknallt." Andy lässt seinen Kopf auf den Tisch fallen und vergräbt das Gesicht in den Armen. „Was für eine heilige Scheiße!" „Du sagst es." Markus Kern erhebt sich. „Das wird ein hartes Stück Arbeit, Andy. Ich glaube, ich kann dich raushauen, aber muss halt den Obduktionsbericht abwarten und hoffen, dass der Mann auf der Intensiv wieder zu sich kommt. Aber deine Familie wird definitiv ohne dich fliegen."

Wandel

Der Amselweg war in die Jahre gekommen. So wie seine Bewohner. Einst das Aushängeschild des Dorfes, einst das Neubaugebiet der Wirtschaftswunderjahre, es war am bröseln und am bröckeln. Die Kinder waren schon vor Jahrzehnten flügge geworden, hatten im neuesten Neubaugebiet ebenfalls gebaut oder waren wo auch immer gelandet, nur im Amselweg nicht. In den unmodernen Häusern wohnten nur noch höchstens zwei alte Leutchen, manchmal sogar nur einer allein. Die einst schmucken Vorgärten mit Stauden und Sommerblumen und scharf abgestochenen Rasenkanten waren zu kleinen Urwäldern verkommen, oder ein LKW hatte Basaltbrocken darauf gekippt. Bei manchen war der satt grüne Rasenbelag zu einer Kräuterwiese geworden, der der Enkel ab und an mal mit dem Rasenmäher den Garaus machte, so man einen Enkel sein Eigen nannte, und dieser Zeit hatte oder aber Geld brauchte. Wo früher der Rinnstein regelmäßig gefegt wurde und große Pflanztöpfe in Hof und Garten Besitzer und Nachbarn erfreute, gab es nichts mehr. Es gab auch keine herabwallenden Geranien von Holzbalkonen mehr, die früher nach bayerischer Art fast jedes Haus schmückten. Wer sollte das auch machen? Die Leutchen waren alt geworden, krank, oder behindert an Bein, Arm oder Kreuz. Ein Schwätzchen am Gartenzaun war noch drin, oder sogar ein Bier auf der Terrasse vom Nachbarn schräg gegenüber. Aber irgendwann starb der Amselweg aus.

Doch nach und nach siedelten sich in den leeren alten Häusern junge Leute an, und nahmen den Kampf gegen den steten Verfall auf. Junge Familien, die ein geschäftiges Treiben an den Tag legten. Die die Häuser auf Vordermann brachten, ihren Nachwuchs in die Kita fuhren, die Kinder zur Schule entsandten, die zur Arbeit mussten und die Gartenfeste veranstalteten. Das Leben kehrte zurück. Und auch die Freude kehrte zurück. In den Töpfen und Kästen blühten nun pflegeleichte kunterbunte Zauberglöckchen. Das Schwätzchen am Gartenzaun war wieder da, ebenso wie das Bierchen in Nachbars Garten. Zwar waren die Vorgärten nicht mehr so akkurat parkähnlich zurechtgestutzt, die Rasenkanten nicht mehr zackig abgestochen und erst recht der Rinnstein nicht wöchentlich gefegt, aber das war so egal. Die Häuser waren wieder mit Leben erfüllt. Endlich war der Amselweg wieder das, was er früher einmal war. Und das allerschönste war das Lachen der Kinder.

Weltfrauentag

Der 8. März ist Weltfrauentag, ein Feiertag in zwei Bundesländern. Viele Ungerechtigkeiten kommen in den Medien zur Sprache, angefangen bei der ungerechten Bezahlung in reinen Frauenberufen, bis hin zur sozialen und familiären Arbeit, die immer noch hauptsächlich und unentgeltlich von Frauen geleistet wird. Ich wiederhole hier an dieser Stelle gerne meinen „Nachgedacht"-Satz: Frauen sind die Feuerwehr der Gesellschaft. Wenn es irgendwo brennt, müssen sie ran, oft sogar unfreiwillig, weil die Allgemeinheit voraussetzt, dass bestimmte Care-Tätigkeiten immer noch wie selbstverständlich von Frauen geleistet werden. Da setzt ein „Nein!" schon ein dickes Fell oder einen stabilen Charakter voraus. Wer will sich schon gerne als Rabenmutter beschimpfen lassen oder seine pflegebedürftigen Eltern abweisen?

Was mich aber besonders berührt, ist die psychische und physische Gewalt, welcher Frauen in unserem Land und weltweit ausgesetzt sind. In Deutschland verlieren durchschnittlich im Jahr 140 Frauen ihr Leben, nur weil sie Frauen sind. Umgebracht von ihren Ehemännern oder männlichen Verwandten. Weltweit sterben jeden Tag etwa fünf Frauen durch Femizide (Quelle: Rhein-Zeitung vom 08.03.2023). Die Frauenhäuser sind voll, es müsste dringend noch mehr davon geben, damit Frauen es leichter schaffen sich aus Gewaltbeziehungen zu lösen. Viele Frauen erdulden über Jahre Gewalt, Psychoterror, Stalking und Diffamierung. In Deutschland werden Frauen in Gewaltbeziehungen ermordet. Die Zahl der Femizide nimmt nicht ab. Ich bitte alle inständig, machen Sie Augen und Ohren auf, mischen Sie sich ein, sprechen Sie Frauen an, von denen Sie denken, dass diese Gewalt erleiden, bieten Sie Hilfe und Verständnis. Rufen Sie die Polizei, wenn Sie Entsprechendes hören oder sehen. Zum besseren Verständnis folgt ein sehr kurzer Auszug aus einem original

Tagebuch, welches mir zur Verfügung gestellt wurde. Mehr wollen Sie nicht lesen, das können Sie mir glauben. Diese Frau hat den Absprung geschafft. Viele schaffen es nie.

12.03.14: Es ist unglaublich, aber nachdem ich gestern gerade fertig geschrieben hatte, war mein Mann wieder zuhause. Und was passierte wohl bis heute Nacht um 01.30 Uhr? Genau, dasselbe wie immer. So eine Diskussion läuft folgendermaßen ab: Erst lässt er einen Redeschwall ab ohne mich auch nur im Geringsten zu Wort kommen zu lassen. Dann stellt er mir eine Frage, also dann darf ich auch was sagen. Diese Frage ist meistens derartig bescheuert, dass ich meistens nicht sofort antworte. Daraufhin stellt er mir die Frage 4-5 mal hintereinander so als sei ich etwas meschugge. Je nachdem was ich dann antworte, passiert folgendes: Er baut sich vor mir auf, wird laut und wedelt mir drohend mit seinem Zeigefinger vor der Nase rum. Oder er fängt an zu brüllen und haut mit der Faust auf den Tisch, meistens, wenn ich ihm eine Antwort präsentiere, die ihm nicht gefällt. Das Allerletzte ist, wenn er sich mit Wucht aufs Sofa schmeißt und mit den Fäusten darauf hämmert. Ob ich Angst vor ihm habe? Schon. Aber meistens wirkt er auf mich einfach nur lächerlich. Ich halte ihn für einen Choleriker mit dementsprechenden Anfällen.

17.03.14: Seit einigen Tagen läuft es relativ gut. Wieder haben wir über Trennung gesprochen. Mal sehen, wie es dieses Jahr weitergeht. Heute hatte ich sogar wieder Zeit und Lust zu kochen: Sauerbraten, Klöße und Rotkohl. Irgendwann erzähle ich hier auch mal wie wir uns kennengelernt haben. Das war richtig schön. Aber was sagt das schon aus.

20.03.14: Man soll den Tag nicht vor dem Abend loben. Heute laufe ich mit einem Veilchen am linken Auge rum. Meine Antwort auf die Fragen von Kollegen: Habe mich an einer offenen Schranktür gestoßen. Und wie kam es dazu: Nun wir sind gestern morgen zusammen nach einer wirklich schönen Geburtstagsfeier nach Hause gegangen. Dabei bin ich ganz normal neben ihm hergegangen. Zuhause angekommen wirft er mir vor, warum ich nicht händchenhaltend wie ein normales Paar mit ihm gegangen sei. Ich sage ihm, dass wir kein normales Paar sind. Daraufhin hat er mich aufs Übelste beschimpft. Falsches Arschloch, blöde Sau, Drecksau, falsches Miststück. Ich habe den Eindruck, je ruhiger ich bleibe, um so wütender wird er. Ich war relativ gelassen aber er hat mir die Pulle Bier die er gerade aufgemacht hatte, übergeschüttet, hat mich zweimal richtig doll angespuckt und schließlich hat er mit wirklich ernstem Gesicht gesagt: Ich bring dich um. Dabei hat er mir mit der Hand auf die linke Schläfe gehauen. Ich habe mich gewehrt und ihn mit aller mir zur Verfügung stehenden Kraft an den Haaren gerissen und in seinen Arm gebissen. Ein Veilchen hatte ich schon öfter, Nachfragen beantworte ich üblicherweise mit ich habe mich gestoßen, mir hat jemand beim Tanzen den Ellbogen ins Auge gerammt etc, Ausreden halt. Mein letztes Veilchen hatte ich Mitte Februar auf dem 60sten Geburtstag meiner Tante. Da hat er mir unterstellt, ich hätte ein Auge auf meinen Cousin geworfen. Grund genug, mir wieder mal eine zu scheuern. Wo ich gerade dabei bin kann ich auch in unserer drei Jahre dauernden Ehe meine gestauchte Zehe (6 Wochen krankgeschrieben, in der Dusche ausgerutscht), meinen angeknacksten Daumen (2 Wochen krankgeschrieben, in der Dusche ausgerutscht) erwähnen. Meine letzte Narbe stammt von Mitte Februar, die Geburtstagsgeschichte, als er die Wohnzimmerlampe zerdeppert hat und mir ein Splitter des Glases in der Stirn hängengeblieben ist. Aber ich habe mich in meiner Wut jede

Mal zu wehren gewusst. Als er jetzt zum ersten Mal gedroht hat, dass er mich umbringt, bitte schön. Manchmal wünschte ich mir, ich wär´ tot. Das ist bestimmt besser als das was ich jetzt habe.

Auf ein Wort zum Frauentag, von mir als Frau:

Frauen sind meiner Meinung nach die Verlierer in unserer heutigen neuen bunten Welt. Schon genug deutsche und europäische Frauen werden von ihren deutschen und europäischen Partnern unterworfen. Nun überschwemmen auch noch junge muslimische Männer unsere Länder. Männer mit einem mittelalterlichen Frauenbild. Schaut euch Afghanistan an, oder Pakistan, oder das einstige Persien in den 70er-Jahren. Dort gab es einst westliche Lebensverhältnisse, Frauen in Minikleidern mit offenen langen Haaren. Wie sieht es heute dort aus? Haben wir in Europa umsonst unsere Gleichberechtigung erkämpft? In meiner Lehrzeit konnte auch hier noch der Ehemann die Arbeitsstelle seiner Frau ohne ihr Einverständnis kündigen, so wie es beispielsweise in arabischen Ländern an der Tagesordnung ist. Wollen wir da wieder hin? Mädchen und Frauen, selbst in Kleinstädten, trauen sich abends schon nicht mehr alleine aus dem Haus. Den Mädchen wird nahegelegt, auf freizügige Kleidung zu verzichten. Und zu allem Überfluss gibt es auch noch Männer, die neuerdings mit einem Federstreich zur Frau werden und die Weiblichkeit damit ad absurdum führen. Wir Frauen sind die Verlierer in diesem schlechten Spiel. Ich bin erschüttert über dieses neue frauenfeindliche Klima in der heutigen Zeit.

Wann und wo?

Fahrzeugschlangen! Keine Parkplätze! Stau vorm Parkhaus! Kassierer die verzweifeln! Arztpraxen, die schon vor einem Jahr den Termin vergeben haben! Kriegsähnliche Zustände bei Aldi! Volle Umkleidekabinen bei Karstadt! Halbe Stunde Wartezeit auf ein Fischbrötchen bei Nordsee! Polizeikontrollen an Ausfallstraßen! Rabatte! Rabatte! Rabatte! Der erste Wintermantel der Saison! Bald ist Weihnachten, bitte kaufen Sie! Essen unmöglich! Trinken auch! Reif für den Psychiater!

Alles voll!!!

Warum?

Allerheiligen in Hessen.

Susis Auftritt

Die 90er-Jahre, irgendwo auf dem Land. Es ist Samstag. In der Lindenstraße und in allen anderen Straßen in allen Dörfern, wienern gestandene Männer an ihren Statussymbolen herum. Wir Kinder des letzten Jahrhunderts, die diese Zeit bewusst erlebt haben, wissen, dass damit nur das Auto gemeint sein kann, der ganze Stolz der Hausherren und auch bisweilen deren Gattinnen, die am Sonntag mit dem hochglanzpolierten Gefährt durch die Gegend gefahren werden.

Da wird vorsichtig mit Seifenwasser und Schwamm gewaschen, trockengeledert, die Stoßstangen aus Chrom poliert. Mehrere Male am Tag wird das Gefährt umrundet, zärtlich über die Kühlerhaube gestrichen, kleine Dreckspuren mit einem blütenweißen Taschentuch entfernt.

Liebevoll machen sich die Herren mit dem Pinselchen am Armaturenbrett zu schaffen und sanft werden Fußraum und Sitze mit dem Staubsauger bearbeitet.

Panikartig wird nach eventuellen Kratzspuren und Beulen gesucht, wenn Fahrzeug und Halter getrennt waren. Das männliche Seelenheil ist erschüttert bei ungewohntem Fahrgeräusch, und in der Werkstatt leidet man mit dem Gefährt bei schmerzhaften Inspektionen mit.

Zurück zum besagten Samstag. Neugierig und fachmännisch wird beim Nachbarn linkerhand der neue Audi beäugt, beim Nachbarn rechterhand die neuen breiten Schlappen bewundert und bei Rudi, drei Häuser weiter, trifft man sich zum fachsimpeln auf ein Flasche Bier. Niemand fährt ein französisches oder italienisches Auto. Oh, nein, keinesfalls kommt etwas anderes als der Beste, der Made-in-Germany, in die heimische Garage. Da sind sich alle Herren einig. Ein deutsches Auto ist die Creme de la Creme, das Krönchen, das i-Tüpfelchen auf der Sahnetorte.

So mancher Autonarr kauft alle zwei Jahre das neueste Modell seiner Lieblingsmarke, um den Wertverlust geringer zu halten, wie er meint. Ein anderer kauft nur in einem bestimmten Autohaus, weil die auf Barzahlung den besten Rabatt gewähren, usw. Das Auto ist ein Prestigeobjekt, dem viel Bedeutung zukommt.

Der Nachbar Erich hat vor vier Wochen das Zeitliche gesegnet, nur ein Jahr nach seiner Frau, der Adelheid. Und der missratene Sohn, der Wolfi, verkauft als erste Amtshandlung den nagelneuen BMW seines Vaters, weil Wolfi nur auf seine Kawa steht und selbst im strömenden Regen die Art der Fortbewegung auf zwei Rädern allem anderen den Vorzug gibt. Die biertrinkenden Fachsimpler sind sich einig, dass der Erich sich im Grabe herumdreht, weil sein Traumauto so lieblos in Bares getauscht wird. Und die Adelheid dreht sich gleich mit, denn der verkorkste Wolfi hat auch das mühsam vom Munde abgesparte Häuschen seiner Eltern bereits veräußert. Wolfi ziehts in die nächste Stadt. Er hält nicht so viel vom samstäglichen Fahrzeugwienern und auch nicht von Gartenarbeit. Das kann auch das Fachsimpeln bei Rudi nicht rausreißen. Es ist ihm sozusagen Latte.

Und wieder ist Samstag, und wieder ist endlich Mai, und wieder herrscht Kaiserwetter. Die Wagenbesitzer in der Lindenstraße sind vertieft in ihr Werk, in jeder Auffahrt wird gesäubert und gesaugt, als sich ein dunkles Motorengeräusch vernehmen lässt, bedrohlich fasst. Röhrend und mit Zwischengas biegt ein rotes flaches Geschoss in die beschauliche Straße ein. Ein Mazda MX5, Cola-rot, das schwarze Faltdach des Zweisitzers ruht auf der Ablage. Ein Rasseweib steuert dieses heiße Etwas im Schritttempo durch die Spießerstraße. Das lange Haar, so schwarz wie das Autodach, flattert filmreif im Wind, die riesige tiefbraune Sonnenbrille verdeckt einen großen Teil des wahrscheinlich schönen Antlitzes. Die Dame hebt die linke Hand, winkt freundlich nach links und rechts als sei sie Queen Mum und entblößt mit einem hinreißenden Lächeln sehr weiße, bestimmt sehr teure Zähne. Die Männer lassen irritiert die Lappen sinken und erleben, dass Susi vor ehemals Erichs Haus einparkt, ihre langen Beine, die in verwaschenen löchrigen Jeans stecken, gekonnt aus dem tief liegenden Fußraum schält, um augenblicklich auf rosafarbenen High Heels Richtung Eingangstür zu flanieren. Dort dreht sie sich zu den erstarrten Herren um, die noch immer ihre Tätigkeit nicht wieder aufgenommen haben, winkt nochmals lachend in die Runde, bevor sie im Haus verschwindet.

Augenblicklich lassen Willi und Konsorten ihre Lappen Lappen sein und versammeln sich bei Rudi. "Ein Japse", verächtlich spukt Helmut diese Worte aus. Derweil hat Eberhards Gattin per Fernsprecher mit Willis besserer Hälfte Kontakt aufgenommen, weil Ursula, Eberhards Frau, zufällig dieses Spektakel vom Balkon verfolgen konnte, während sie blutrote Geranien pflanzte und so aus erster Reihe verfolgen konnte, dass die komplette Männerschar zu Rudi pilgerte. " Das muss die sein, der Wolfi das Haus verkauft hat. Die ist ja noch jung, wo hat die denn so viel Geld her?" „Also wenn Du mich fragst, hat dieses Weib irgendeinen Schmuddelberuf. Ich habe sie kurz gesehen, und mir ist ihr Ausschnitt direkt unangenehm aufgefallen", sagt diejenige, die Susi als einzige der Gattinnen gesehen hat. Die Damen reden sich in Rage und beschließen, auch die anderen Ehefrauen zu warnen. Jetzt müssen aber wirklich alle Augen und Ohren offenhalten und vor allem, auf die Männer aufpassen.

Zwischenzeitlich hat Susi das Haus wieder verlassen und schleppt einen großen Korb mit Halbliterflaschen Hopfenkaltgetränk Richtung Rudis Garage, wo die Männer sich auch ihre Gedanken machen, allerdings deutlich weniger aufgeregt als ihre Gattinnen. "Hallo, ich bin Susi, die neue Nachbarin!", ruft sie in die Runde, "ich gebe einen aus!"

Da ist die Freude riesig, und es gibt ein großes Hallo, und es ist auch ganz egal, dass Susi einen Japse fährt. Die Herren der Lindenstraße sind schon jetzt überzeugt, dass es keine bessere Nachbarin geben kann. Prosit!

Lebenszeit

Ein Menschenleben währet siebzig Jahre. Jedes Jahr darüber hinaus ist ein Geschenk. Im Gegensatz zu Martin Luther bin ich aber nicht der Meinung, dass nur gearbeitet werden sollte.

Das Schicksal hält für jeden von uns ein Füllhorn an Überraschungen bereit. Durchaus positive, bisweilen auch negative. Darum sollen wir das Leben mit allen Sinnen genießen, wenn wir dazu in der Lage sind. Jeder Moment gehört "gelebt". Anhand von sieben Geschwistern einer Familie erläutere ich, warum: Die Älteste erleidet schon früh, mit 54, einen tödlichen Herzinfarkt. Eine der Schwestern verstirbt mit 63 an Bauchspeicheldrüsenkrebs. Der älteste Bruder überlebt mit 52 einen schweren Herzinfarkt, um dann erst mit 91 Jahren an Altersschwäche dahinzuscheiden. Der andere Bruder wird nur 72, bekommt Bauchspeicheldrüsenkrebs, nach drei Monaten ist es vorbei. Die jüngste Schwester verstirbt mit 64 an Darmkrebs. Eine ältere Schwester hält bis 89 durch, davon die letzten Jahre in schwerer Demenz. Zum Schluss verstirbt die letzte der sieben mit 90 Jahren, ebenfalls mit Demenz, aber schließlich doch an Altersschwäche.

Keith Richards hat einmal gesagt: "Wer die Angst vor dem Alter überwunden hat, kann es genießen."

Ich füge hinzu: ...gerade derjenige, der es bis zum Alter geschafft hat - was nicht selbstverständlich ist.

Elisabeth 1837-1898

Hommage auf unser aller Sis(s)i

Jetzt muss ich wieder fünfzig Wochen auf unser aller Sissi warten. Am ersten Weihnachtsfeiertag liefen die üblichen Klassiker: Sissi und Sissi, die junge Kaiserin, hintereinander im Fernsehen, so wie in fast jedem Jahr. Am zweiten Weihnachtsfeiertag erfreute uns die Geschichte von Sissi, Schicksalsjahre einer Kaiserin, damit, dass sie wieder gesundet war, und wie es sich für ein Film der 50er-Jahre gehört, gab es ein bombastisches Happy End. Mittlerweile könnte ich locker als Zweitbesetzung durchgehen, da mir jeder Satz und jede Szene unauslöschlich im Gehirn eingebrannt sind.

Was hatten die Zeitgenossen der realen Sisi auch für ein Glück, im 19. Jahrhundert leben zu dürfen, denke ich so bei mir. Das Zeitalter der großen Dichter, Denker, Literaten, Industriellen, Kaiser, Könige, Philosophen, Komponisten. Es sei denn, man war Bauer, Arbeiter oder Tagelöhner, diese Menschen waren wirklich arm und nicht zu beneiden.

Wer durch das heutige Wien spaziert, gerade in den Gässchen hinter dem Stephansdom, der wird unweigerlich in diese Zeit zurückversetzt. Und die Prachtbauten Am Ring erzählen die Geschichte des Aufbruchs zur modernen Stadt unter Kaiser Franz Joseph I. Man kann es vor seinem geistigen Auge sehen und hören, wie es damals wohl in der Ballsaison zugegangen sein mag, wenn die Strauß-Familie ihre wohlklingenden Walzer und Polkas in den Konzert- und Ballhäusern dieser schönen Stadt erklingen ließen. Ich muss zugeben, dass ich rund um Silvester diese Zeit ein wenig aufleben lasse. Letztes Jahr erklang „Die Fledermaus" von Johann Strauß in der Bayrischen Staatsoper, leider in einer unerträglich modernen Inszenierung, und last but not least bildet den Höhepunkt dieser Hörgenüsse das Neujahrskonzert der Wiener Philharmoniker im Goldenen Saal des Wiener Musikvereins, einem neoklassizistischen Prachtbau, eines Kaisers und einer Kaiserin würdig. Die echte Sisi hat dort das ein oder andere Mal zu Walzerklängen getanzt. In die Wiener Geschichte eingegangen ist ein Maskenball in diesen Räumen, mit einer jungen Kaiserin, die als gelbe Domina verkleidet mit einem Untertan flirtete, der trotz Maskierung der Dame genau wusste, wen er da vor sich hatte.

Wie man sich denken kann, hat die reale Elisabeth mit der Sissi aus den Verfilmungen mit Romy Schneider nicht viel gemein. Darum ist es mir wichtig, eine kurze Zusammenfassung über diese außergewöhnliche, intelligente und empfindsame Frau hier niederzuschreiben, die meiner Meinung nach zur falschen Zeit am falschen Ort lebte, und von der wir Sissi-Zuschauer denken, dass wir sie in- und auswendig kennen.

Es gibt duzende Biographien über die Kaiserin und Königin Elisabeth, wobei die Wichtigsten von Egon Caesar Conte Corti und Brigitte Hamann stammen. Conte Corti bekam in den 1920er-Jahren erstmals Zugang und Sichtung zu den Korrespondenzen der Hofdamen in Privatarchiven, die leider im 2. Weltkrieg zum größten Teil zerstört wurden. Darüber hinaus gab es zu dieser Zeit noch Zeitgenossen der Kaiserin, aus deren Erzählungen sich das offizielle Leben der Kaiserin gut nachvollziehen ließ. Für die Filme von Marischka in den 1950er-Jahren diente diese Biographie als Vorlage. Man erkennt in der Verfilmung deutlich den Friede-Freude-Eierkuchen-Gusto dieser Zeit, denn am Ende wird alles gut.

Die Autorin Brigitte Hamann durfte als erste Person überhaupt die ureigenen persönlichen Aufzeichnungen und Gedichte der Kaiserin sichten, die diese dem Bundesarchiv der Schweiz zur Aufbewahrung übergeben hatte. Erst sechzig Jahre nach dem Tod der Kaiserin durften diese Schriften der Öffentlichkeit zugänglich gemacht werden, so hatte es die die hohe Frau höchstselbst angeordnet. Und das nicht ohne Grund. Man stelle sich vor, die Kaiserin von Österreich, Königin von Ungarn, hielt die Monarchie für überholt und die Demokratie für die weit modernere Staatsform, so wie sie es in der Schweiz kennengelernt hatte. Sie könne nicht verstehen, dass das Volk die Monarchen noch dulde. Mit dieser Aussage schockte sie den österreichischen Hof. Und selbstverständlich drang kein Wort hinaus zu den Untertanen. Auch hasste sie es „ins Geschirr gespannt zu werden", sich zu zeigen und zu „produzieren". Elisabeths größte und auch einzige politische Leistung war es, Österreich und Ungarn wieder anzunähern, zu versöhnen und gar zu vereinen in einer Doppelmonarchie.

Ansonsten mochte sie die Pflichten einer Monarchin nicht, nahm jedoch die Privilegien, die damit verbunden waren, gerne und oft in Anspruch. Sie war die Kaiserin von Österreich, ein Amt, dass Elisabeth nicht liebte. Aber sie wurde auch zur Königin von Ungarn gekrönt, von einem Volk, dass ihr nahestand. Das wilde Land und die weitläufige Puszta faszinierten Elisabeth. Sie verbrachte nach der ungarischen Königskrönung viel Zeit in ihrem geliebten Schloss Gödöllö, nahe Budapest. Dort umgab sie sich mit einfachen Leuten aus der Umgebung, die zu feiern und zu tanzen wussten. Dort gab es vor allem kein strenges spanisches Hofzeremoniell, welches sie am österreichischen Hof einengte und ihren freien Geist einsperrte.

Das ungarische Volk sollte seine Königin Elisabeth abgöttisch lieben, auch lange nach ihrem Tod blieb sie unvergessen, und auch heute noch trifft man in ganz Ungarn auf Statuen und Bilder Elisabeths, es werden Relikte und Andenken jener Zeit wie Schätze gehütet und der nächsten Generation vererbt.

Ihre, in der Schweiz aufbewahrten historischen Dokumente, ihre eigenen Gedanken und Schriften, haben neue Erkenntnisse über die

Sicht- und Denkweise der Kaiserin und Königin offenbart, die nicht bekannt waren, die zu ihrer Lebzeit unter den Zeitgenossen für einen Skandal gesorgt hätten, wären sie an die Öffentlichkeit gelangt, und die in dem Buch von Brigitte Hamann – Elisabeth, Kaiserin wider Willen, verarbeitet wurden.

Diese Schweizer Schriften hat Elisabeth übrigens uns gewidmet, uns - den „Zukunftsseelen".

Als Elisabeth Amalie Eugenie Herzogin in Bayern, am Heiligabend des Jahres 1837 das Licht der Welt erblickte, der zudem ein Sonntag war, soll sie schon einen Zahn gehabt haben, was als besonderes Glückszeichen gesehen wurde. Sie war zwar eine bayrische Prinzessin, entstammte aber nur einer Nebenlinie des regierenden Wittelsbacher Hauses, so dass sie relativ frei und ohne große Verpflichtungen aufwachsen konnte.

Als Sisi, oder auch Elise, wie sie in ihrer Familie genannt wurde, ins Teenageralter kam, verliebte sie sich in einen Grafen, der im herzoglichen Haushalt diente, der aber natürlich nicht ebenbürtig war und deshalb als Ehemann nicht infrage kam. Der arme Graf wurde unter einem Vorwand versetzt, so dass die beiden sich aus den Augen verloren. Noch als ältere Frau sollte Sisi in einem ihrer Gedichte diese Jugendliebe nochmals aufgreifen.

Als erstes sollte allerdings die ältere Schwester Helene unter die Haube kommen. Und da war kein geringerer als der seinerzeit begehrteste Junggeselle Europas, der junge österreichische Kaiser Franz-Joseph im Gespräch, so wollten es zumindest die Mütter der beiden, Sophie und Ludovika, zwei Schwestern und zudem Königstöchter des ersten bayrischen Königs. Sophie, die Erzherzogin von Österreich, war die Mutter Franz-Josephs, Ludovika war die

Mutter von Helene und Sisi, somit waren Franz-Joseph und die beiden bayrischen Schwestern Cousin und Cousine 1. Grades, was aber in Adelskreisen kein Grund war, nicht zu heiraten. Problematischer war der Standesunterschied zwischen Bräutigam und Braut, obwohl beide Mütter aus demselben Königshaus stammten. Aber, während Sophie in die kaiserliche Familie in Österreich eingeheiratet hatte, selber auf den Kaisertitel verzichtete, um ihren Sohn auf den Kaiserthron zu hieven, hatte Ludovika einen entfernten Cousin der nichtregierenden Linie geehelicht und wurde somit „nur" zur Herzogin in Bayern. Damit hatte sie von den königlichen Geschwistern die schlechteste Partie gemacht, denn alle anderen waren Königinnen geworden, etwa von Preußen oder Sachsen, oder etwa Erzherzogin. Die „schlechteste Partie" war aber nur im dynastischen Sinn zu verstehen, immerhin erhielten Ludovika und ihr Angetrauter Herzog Max den Titel Königliche Hoheit. Herzog Max war gar so vermögend, dass er seiner Frau, der Königstochter, und später auch den zahlreichen Kindern ein Luxusleben bieten konnte. Das bayerische Volk erzählte sich, dass er reicher sei als der König. Der Hofangestellten in Wien aber sollten sich später noch lange über ihre Kaiserin Sisi, die nicht standesgemäße bayerische Braut aus der „Bettelwirtschaft", mokieren, wider besseren Wissens oder aus einem überdimensionierten Standesdünkel heraus.

Franz-Joseph, Sophies Sohn, war jetzt Kaiser, eine Majestät. Die Braut Helene war, wie wir jetzt wissen, nicht ebenbürtig, aber eine gesunde katholische Jungfrau, was in diesem Falle eine größere Rolle spielte, da der Kaiser dynastisch für Nachgeborene zu sorgen hatte.

Wie wir alle aus den Sissi-Filmen wissen, verliebte sich Franz-Joseph allerdings unplanmäßig in die jüngere Sisi und setzte auch die Heirat durch. Im Nachhinein kann man sagen, dass das für die echte Sisi kein Glück war, dass er Helene nicht wollte.

Und damit kommen wir zu dem wirklichen Leben der Kaiserin Elisabeth, das Leben, welches wir nicht aus den Filmen meinen zu kennen, denn der dritte Film endet in Venedig, als Sissi ihrer Tochter Sophie über einen roten Teppich auf dem Markusplatz entgegenläuft, sie herzt, und sich die Menge in begeisterte Viva la Mamma-Rufe ergießt. In der Wirklichkeit steht diese Reise nach Oberitalien erst viel später an. Es ist die Reise in ein feindseliges, weil von Österreich annektiertes Gebiet, die Bevölkerung lehnt Kaiser und Kaiserin ab. Die Tochter Sophie aus dem Film ist zu dieser Zeit schon verstorben.

Sisi war noch keine zwanzig, als sie den Tod ihrer ältesten Tochter im Alter von nur zwei Jahren verkraften musste.

Diese Begebenheit nahm sie so sehr mit, dass sie ihre anderen Kinder, Gisela und den nachfolgend geborenen Kronprinz Rudolf, nicht mehr wahrnahm, nicht für sie sorgte und auch keinerlei Interesse an deren Leben zeigte. Das änderte sich erst wieder mit der Geburt des letzten Kindes, der Tochter Marie-Valerie, die hinter vorgehaltener Hand am Hof nur „die Einzige" genannte wurde. In dieses Kind steckte Elisabeth all ihre Mutterliebe, welche sie bei den anderen beiden hatte vermissen lassen.

Sisi war eine außergewöhnliche Erscheinung. Sie galt in den 60er- und 70er-Jahren des 19. Jahrhunderts als eine der schönsten Frauen der Welt und überragte zur damaligen Zeit mit 173 cm Körpergröße die meisten anderen Frauen um Kopflänge. Sie hielt in ihrem Erwachsenenalter zeitlebens und trotz ihrer Körpergröße ein Gewicht von ca. 50 kg und ließ sich sehr eng in ihre Kleider einnähen und einschnüren, was die Berühmtheit ihrer Wespentaille legendär machte. Eine eigene Friseurin versorgte in mühevollen Stunden das volle kastanienbraune Haar, welches ihr bis zu den Fersen gereicht haben soll. Sisi hielt sich schon damals mit Sportgeräten fit, die sie in ihre Privatgemächer in allen bewohnten Schlössern im Reich einbauen ließ, und an denen sie täglich Leibesübungen vollzog, darunter eine Sprossenwand und Ringe, die an Seilen von der Decke baumelten.

Sisi war auch die treibende Kraft, die für den Einbau von Bädern in den Schlössern sorgte. Als sie dort einzog, war es noch die Zeit der Leibstühle und Waschzuber.

Wenig bekannt ist, dass Elisabeth in den 80er-Jahren des 19. Jahrhunderts eine der besten, wenn nicht gar die beste, Parforce-Reiterin Europas war, was sie in England und später in Irland immer wieder halsbrecherisch unter Beweis stellte. Die Kaiserin von Österreich reiste als Gräfin von Hohenembs mit einem Riesentross von Wagen und Pferden nach England. Inkognito, um offiziellen Empfängen zu entgehen, aber selbstverständlich wusste jeder im Land, um wen es sich handelte. Welch ein Affront gegenüber der Königin von England und Kaiserin von Indien, Viktoria, die die berühmte österreichische Kaiserin, dem inkognito zum Trotz, schließlich doch einlud, und Elisabeth folgte der Einladung dieser deutlich älteren Monarchin, wenn auch nur widerwillig. Danach weilte sie nie wieder in England, sondern verlagerte ihre sportliche Ambitionen nach Irland, in eine Demokratie, in der man Elisabeth weitgehend in Ruhe ließ.

Im Laufe der Jahre entzog sie sich noch mehr dem Amt und der Würden einer Landesmutter, reiste im Salonwagen oder am liebsten per Schiff, wohin es ihr beliebte. Monatelang blieb sie Österreich fern, immer anonym unterwegs, da sie weiterhin jedem großen Bahnhof aus dem Weg gehen wollte. Selbstverständlich erregten diese Reisetrosse große Aufmerksamkeit bei der jeweiligen Bevölkerung und bei den Landesfürsten, so dass das Inkognito mehr als einmal nicht gelang, und Sisi doch einige Male zu offiziellen Anlässen geladen wurde.

Dies war für die alternde Kaiserin eine Qual, für die Kaiserin, die von sich selbst ein Schönheitsideal entworfen hatte, dass immer mehr verblasste. Schon früh ließ sie sich nicht mehr porträtieren oder gar fotografieren, für die Bevölkerung verschwand sie hinter einem Fächer, der stets griffbereit lag. Sisi wurde in der Folge menschenscheu, depressiv, magersüchtig und melancholisch. Als dann noch ihr einziger Sohn Rudolf durch Selbstmord aus dem Leben schied, trug Elisabeth ausschließlich nur noch schwarze Kleidung. Sie verschenkte ihren Schmuck und ihre prächtige Garderobe, um fortan im Verborgenen zu sein und der Öffentlichkeit endgültig den Rücken zu kehren. Ihre Todessehnsucht war aus jeder Zeile die sie schrieb zu erlesen, so dass gerade ihre jüngste Tochter Marie-Valerie immer voller Sorge um ihre Mutter war.

Elisabeth wurde schließlich in der Schweiz ermordet, in dem Land, von dem sie selber sagte, dass sie sich dort sehr wohl fühle, in der Demokratie. Die Kaiserin von Österreich und Königin von Ungarn erachtete, wie wir wissen, schon früh die Monarchie als eine überholte Staatsform. Ein italienischer Anarchist, der eigentlich einen ebenfalls italienischen Prinzen töten wollte, nahm kurzerhand auch mit der Kaiserin von Österreich vorlieb, in seinem Bestreben, einem gekrönten Haupt Gewalt anzutun. Als die 60-jährige Kaiserin in Genf unterwegs war vom Hotel Beau Rivage zum Schiffsanleger, nur mit einer Hofdame und ohne Wachschutz, näherte sich der Mörder und stieß ihr eine geschliffene Feile ins Herz. Durch die Wucht des Angriffs fiel sie nach hinten, die Hofdame half ihr wieder hoch. „Was wollte denn dieser schreckliche Mensch?" Das waren ihre letzten Worte. Die beiden gingen noch auf das Schiff, welches ablegte, doch dann wurde die Kaiserin bewusstlos. Das Schiff legte wieder an, man brachte Elisabeth zurück in das Hotel, wo sie kurz darauf verstarb.

Ein Stich in den Herzbeutel hatte dazu geführt, dass Elisabeth nur langsam innerlich verblutete. Daher war sie noch in der Lage gewesen, die wenigen Schritte bis zum Schiff zurückzulegen.

Elisabeth, die Kaiserin von Österreich, Königin von Ungarn, war tot. Ein Schock für die damalige Welt, ähnlich der plötzlichen Todesnachricht von Prinzessin Diana in der heutigen Zeit.

Für Sisi selbst war der Tod so eingetreten, wie sie es sich gewünscht hatte. Schnell und ohne Leiden. Franz-Joseph überlebte seine Frau um 18 Jahre.

Elisabeth und Franz Joseph haben zahlreiche Nachkommen, aber da sich der einzige Thronfolger und Sohn, Rudolf, das Leben genommen hatte, war die direkte Linie der Thronfolge erloschen.

Der neue Thronfolger Franz Ferdinand, ein Neffe Franz Josephs, wurde, noch zu Lebzeiten des Kaisers, in Sarajewo ermordet. Dieses Ereignis gilt als Auslöser des 1. Weltkrieges. Als Franz Joseph 1916 starb, folgte als Kaiser erneut ein Neffe auf den Thron, Kaiser Karl I, der aber schon zwei Jahre später abdanken musste. Seither sind Österreich und Ungarn eine Demokratie.

Wenn Elisabeth nicht ermordet worden wäre, hätte sie es gar erleben können, dass sie in ihrem Denken der Zeit voraus war, dass das Volk sich gegen die Monarchie wehrte, so wie sie es Jahrzehnte vorher bereits erahnt hatte.

Heimlich

Die Intelligenz liegt im Y-Chromosom! Oder? Mann, 56/190, studiert, mit brauchbarer Infrastruktur und dem erträglichen Chaos näher als der unerträglichen Ordnung, mit Hirn, Herz und alltagstauglichen zwei rechten Händen, Klassik und Rock, Antike und ModernArt, sowohl in Jeans als auch im Smoking eine ansehnliche Erscheinung, sucht streitbare, aber nicht streitsüchtige, ebenbürtige, attraktive Frau, die Kopf und Hände zu gebrauchen weiß.

Diese Anzeige lässt Noah nicht los. Immer und immer wieder, seit Tagen, liest er diese faszinierenden Zeilen, hin und her gerissen, soll er, oder soll er nicht. Am Samstag, in der Tageszeitung, hatte er sie entdeckt. Noah hält das für einen Wink des Schicksals, weil er doch diese Zeitung in der Regel nicht beachtet und nur ausnahmsweise einen Blick hineingeworfen hatte.

Hallo, unbekannter erträglicher Chaot,

Sie sind also auf der Suche nach einer ebenbürtigen Partnerin mit Einstein-mäßigem IQ?

Aber was halten Sie von der Aussage, dass die Intelligenz im X-Chromosom zu finden, und daher das Y-Chromosom nichts weiter als ein verkümmertes X-Chromosom sei?

Ich streite höchst ungern, brauche aber geistige Inspiration, da für mich eine gewisse Attraktivität jedes Menschen vor allem im Kopf anzusiedeln ist. Schon Ihre Anzeige lässt deutlich erkennen, dass es sich bei Ihnen keinesfalls um einen geistig minderbemittelten, aber humorvollen und egozentrischen Mann handelt, mit dem es Spaß machen könnte, sich in unendlichen Diskussionen zu verlieren.

Unabhängige, sehr temperamentvolle, durchaus ansehnliche Bio-Chemikerin , 52 Jahre, 180 cm mit High Heels, möchte zu gerne wissen, wer sich hinter den nicht alltäglichen Zeilen verbirgt.

Noahs Herz klopft bis zum Hals, als er den mit königsblauer Tinte geschriebenen Brief in den quietschenden Briefkastenschlitz steckt. Seine Hände sind schweißnass, und auch sein Shirt zeigt eine feine Spur entlang des Rückgrates. Die Antwort hat ihn reichlich Überlegungen gekostet, er hat sich gewunden wie ein Aal, seine Wortwahl ist ihm nicht egal. War das jetzt zu frech? War es genau richtig? Ist die ganze Aktion überhaupt in Ordnung? Wieso ist er eigentlich so nervös? Im Grunde freut er sich doch über seinen Mut, ist stolz auf seine heroische Tat. Jetzt bleibt nur noch die Ruhe zu bewahren und abzuwarten. Noah ist schließlich überzeugt davon, das Richtige getan zu haben.

Nach einer quälend langen Woche fragt Noah in der Postfiliale nach einem an ihn adressierten Chiffrebrief. Und siehe da, der Mann hinter dem Schalter reicht ihm einen feinsten Büttenpapierumschlag, beschriftet mit englischgrüner Tinte, ein edles Schriftbild, gezaubert von einem edlen Füllfederhalter. Noah empfängt die ersehnte Antwort freudig, wenn auch eine Spur ängstlich gestimmt. Er kann es nicht erwarten und öffnet den Brief noch im Auto. Nichts als hoffnungsvolle, frohe und unbekümmerte Zeilen, die Noah ausnehmend gut gefallen. Er ist erleichtert. Am Ende ist eine Mobilnummer vermerkt mit dem Hinweis, dass man über WhatsApp doch erst einmal unkomplizierter kommunizieren könne, so der Verfasser. Es liegt auch ein Bild bei. Das Foto zeigt einen eleganten, attraktiven Herrn im mittleren Alter, gepflegt und sichtlich gut gelaunt. Noah freut sich. Ja, er ist geradezu glücklich.

Im Laufe der nächsten Monate lernen Henry und Noah sich kennen. Man kann sagen, sie mögen sich sehr, und beide entdecken immer wieder Gemeinsamkeiten und Vorlieben. In langen Gesprächen im Biergarten oder im Cafe lernen die beiden sich immer besser kennen. Jetzt ist sich Noah sehr sicher, dass Henry der Richtige für seine Mutter ist.

"Okay Noah, wie machen wir es denn nun. Ich bin wirklich gespannt wie ein Flitzebogen auf Eva, von der du mir schon so reichlich vorgeschwärmt hast?" Noah lächelt verschmitzt. „Ich habe da einen super Plan, Henry." „Dann schieß mal los, ich bin gespannt." „Mutter und ich haben schon seit längerem Karten für den Jedermann in München nächsten Monat. Drei Tage Hotel, Bahnfahrt und selbstverständlich getrennte Zimmer. Ich denke, mir wird wohl etwas dazwischenkommen, aber zum Glück", Noah mit verschworener Stimme, „bin ich die Reise per Kleinanzeige schon losgeworden." "Du bist ja ein richtiger Fuchs!" Henry ist begeistert. "Ich werde Dich jedenfalls würdig vertreten, und Deine Mutter schaue ich mir genauer an. Ich habe ja drei Tage Zeit, um sie zu studieren." „Wenn es nur gut geht. Ich wünsche es mir so sehr, und ich weiß, dass auch meine Mutter so gerne wieder einen Partner an ihrer Seite haben möchte." Noah wird ernst, und eindringlich erinnert er Henry nochmal daran, dass seine Mutter niemals erfahren darf, dass er, der eigene Sohn, diese „Zufallsbegegnung" eingefädelt hat.

Seit zwei Tagen ist Noahs Mutter nun in München. Sie hat sich nicht gemeldet. Und auch Noahs neuer Kumpel Henry ist dort, er hatte bei der Ankunft im Hotel kurz angerufen, um ihm mitzuteilen, dass er Eva, also Noahs Mutter, schon in der Bahn kennengelernt habe, da sie sich gegenübergesessen hätten.

Seitdem herrscht Funkstille. Noah ist reichlich nervös. Was, wenn sein genialer Plan nicht aufgeht?

Noahs Smartphone vibriert. Es ist seine Mutter. Er meldet sich eine Spur zu aufgedreht: " Hallo Mama, na, alles klar bei Dir? Ist es schön in München?"
"Ach mein Schatz, es ist herrlich hier. Ich habe so viel Spaß. Und", es folgt eine längere Pause, "ich habe jemanden kennengelernt."
"Schau an", entgegnet Noah, "da lässt man dich einmal allein, und schon machst Du Dummheiten."
"Ach Noah, er ist toll. Ein Gentleman, ein gebildeter, gutaussehender Mann – er würde sogar dir gefallen –!

Gottlieb heißt er."

Noah fällt das Herz in die Hose. Er ist total irritiert. Gottlieb!? Ein Typ, der so heißt wie sein vermaledeiter Vater?

„Noah, bist du noch dran?" Die fragende Stimme seiner Mutter holt ihn aus der Erstarrung zurück. „Bin noch da", ist das Einzige, was er zu sagen in der Lage ist.

Seine Mutter lacht. „Ach Noah. Er heißt Henry, und dieser Henry ist ein lausiger Schauspieler und dazu noch ein schlechter Lügner. Ich habe euer Spiel direkt durchschaut. Henry lasse ich noch ein wenig zappeln, aber du hattest den kleinen Schrecken eben mehr als verdient." Wieder lacht sie. Und Noah stimmt erleichtert in dieses Lachen ein.

Eine wahre Begebenheit zur Sommerzeit

In Gedanken drehe ich die Uhr zurück ins Jahr 1980.

Gerade achtzehn Jahre alt, hatte ich mich von den bunten Prospekten im nachbarlichen Reisebüro dazu verleiten lassen, einen Urlaub zu buchen. Ein halbes Doppelzimmer. Mykonos. Im Juni. Dann wäre ich sogar schon neunzehn. Alleine. Mein erster Flug nach Athen, dann weiter mit der Fähre. Meine Eltern würden nicht begeistert sein.

Ich wollte mir aber von niemandem mehr etwas sagen lassen, denn ich stand schon einige Monate auf eigenen Füßen. Meine Ausbildung war abgeschlossen, ich trug bereits Verantwortung in meinem Beruf. Außerdem war ich endlich stolze Besitzerin eines Führerscheines. Im zurückliegenden Jahr hatte ich einige Prüfungen hinter mich gebracht. Ich fand, zur Belohnung sollte ein toller Sommerurlaub schon drin sein.

Jetzt war Januar. Es war eiskalt. Und ich lechzte nach Sonne.

Meine Eltern waren, wie erwartet, nur mäßig glücklich darüber, dass ich ganz alleine nach Griechenland fliegen wollte. Mein Opa mütterlicherseits war noch entschiedener: „Ihr könnt das Kind nicht alleine fliegen lassen. Das geht nicht, auf gar keinen Fall. Was da alles passieren kann." Ich aber blieb stur. Glücklich und sehnsüchtig zählte ich erst Monate, dann Wochen und schließlich Tage und Stunden, bis meine Eltern mich zum Flughafen brachten.

Es war alles so aufregend – so neu. Schon der Frankfurter Flughafen war für mich die große weite Welt. Der Check-In, die Sicherheitskontrolle, die Suche nach dem richtigen Gate, das Einsteigen in den Flieger – ich atmete tief die Kerosin-lastige Luft ein, die mich schon seit jeher bei Besuchen auf der Zuschauerterrasse in Fernweh versetzt hatte.

Dieser erste Flug war unbeschreiblich schön. Von oben bestaunte ich die Akropolis und das riesige Athen, bevor wir, damals noch, auf dem Internationalen Flughafen mitten in der Stadt landeten. In der ersten Nacht auf griechischem Boden würde ich in einem Stadthotel in der Plaka nächtigen, bevor am nächsten Morgen die Fähre von Piräus nach Mykonos losfahren würde. Immerhin würden wir sieben Stunden unterwegs sein. Einen Flughafen hatte die Insel damals nicht.

Nach der Fahrt durch die tiefblaue Ägäis wurden einige wenig Leute von der Fähre auf das karge Eiland ausgespuckt. Ich hatte mich bei der Einfahrt in den malerischen Hafen auf Anhieb in diese kleine steinige Welt verliebt, die bis dato nur einige Rucksacktouristen auf ihrer Liste hatten. Mykonos war, wie damals auch Ibiza, eine Hochburg schwuler Männer. Bei uns verpönt und strafbar, auf der Insel Normalität. Bars mit den wehenden bunten Kreppbändern, da hatte man als Frau eher nichts verloren. Es gab auch schon einige wenige Prominente, die in Mykonos-Stadt ein Haus besaßen. Thomas Fritsch beispielsweise oder Katja Ebstein. Auch sie liebten wohl die Abgeschiedenheit. Ansonsten war das Inselchen bisher dem Massentourismus entkommen, auch dank eines nicht vorhandenen Flughafens.

Mykonons-Stadt war einfach nur urig. Weiß getünchte Häuser mit schwimmbadblauen Fensterläden, haushohe pinkfarbene Bougainvillea schmiegten sich an Wände, Jasminduft überall. Kleine Lädchen und Tavernen an jeder Ecke. Es ging recht steil hinauf, an den vier bekannten Windmühlen vorbei zum Hotel Magas, ganz am Ende der Straße und des Städtchens. Es war sozusagen das letzte Haus am Berg. Ein schöner Innenhof, ein gemütliches einstöckiges Hotel in U-Form, eine Hotelbesitzerin, die oft mit den Gästen ein

Schwätzchen hielt, in Zeichensprache oder mit dem Sprechen von „good broken english".

Ich teilte mein Zimmer mit einer Lehrerin aus München, mindestens zehn Jahre älter als ich und so spießig. Wir wurden nicht richtig warm, zum Glück hatten wir zwei Zimmerschlüssel. Am meisten störte es mich, dass sie Melonen im Bidet kühlte, das, so meinte sie, würde eh nicht benutzt. Angelika, so hieß sie, fand das völlig normal.

In der Nähe der Unterkunft hielt mehrere Male am Tag der Shuttle-Bus zum Strand. Es ging in zwanzig Minuten quer über die Insel, genau gegenüber des Städtchens, zum Plati Gialos-Strand. Viel Strand, zwei kleine Tavernen, kaum Menschen, es war herrlich. Jeden Tag verbrachten wenige Gäste hier viele Stunden, denn braun werden, war damals noch der Sinn eines Urlaubs im Süden. Je brauner desto besser. Und abends ging es in eine der alten Tavernen oder in die Diskothek Windmill, wo zur späten Stunde die jungen Griechen Sirtaki tanzten. Vorher schlenderte ich mit Begeisterung durch die unzähligen pieksauberen Gassen, wo es putzige Läden und Boutiquen zu entdecken gab. Wenn ich ganz viel Lust hatte, rief ich auch mal zuhause an. Das war damals nur mit einer Anmeldung über das Telefonamt möglich und dementsprechend umständlich.

Es war mein erster Urlaub und die Destination, mit der ich alle nachfolgenden Urlaubsgebiete der nächsten Jahre verglich. Fast keine konnte Mykonos das Wasser reichen. Da ich aber neugierig war, wollte ich unbedingt auch andere Länder sehen, fremde Kulturen interessierten mich sehr.

Jahre später, wir schreiben das Jahr 1997.

Es ist Mai. Dicke Regentropfen beschmutzen die frisch geputzten Scheiben, es ist kalt draußen und öde.

Auf meinem Tisch stapeln sich einige Reisekataloge, doch ich kann mich nicht so recht entscheiden, wohin mich das Flugzeug in diesem Jahr bringen soll. Da fällt es mir wie Schuppen von den Augen: Inselhüpfen in der griechischen Ägäis. Da stand mein nächstes Urlaubsziel schwarz auf weiß geschrieben, und gleich am nächsten Tag buchte ich diese 14-tägige Studienreise.

Es war eine lustige Truppe die sich da am Abend des ersten Urlaubstages im Foyer des Athener Center Hotels versammelt hatte. Fünfundzwanzig Singles. Aus allen Teilen Deutschlands hatten wir uns hier zusammengefunden, im Gepäck Wanderschuhe, Reiseführer, Verbandmaterial und Nähzeug. Das Letztere veranlasste uns schon im Vorwege zu wahren Lachsalven, während wir auf unseren Reiseführer warteten.

Ein gemeinsamer Streifzug durch Athens Plaka sollte das gegenseitige Kennenlernen fördern, was auch bestens gelingen sollte.

Pavlos, unser allwissender Reiseleiter. Wie wir schon bald merkten, ein humorvoller exzellenter Redner mit Spaß an der Sache, studiert in Geschichte, Archäologie, Botanik und Geologie, hervorragend vertraut mit der griechischen Mythologie, politisch interessiert und informiert – kurz und gut – der ideale Studien-Reiseführer. Er wurde auch in unsere nächtlichen Exkursionen integriert und war eher Mitreisender als Reiseleiter. Von Athen aus besuchten wir Naxos, Santorin, Paros und Mykonos.

Die gesamte Tour war ziemlich anstrengend und hochinformativ. Schon ziemlich am Anfang, nach einer 8-stündigen Kraterwanderung entlang der Caldera auf Santorin bei 40 Grad im Schatten, benannten wir aus Spaß den Veranstalter um, von Studiosus-Reisen in Strapaziosus-Reisen.

Unsere Tage waren kurz und mühselig, die Nächte waren lang und feucht-fröhlich. Tagsüber wurde studiert, und nachts waren wir die Bezwinger von Johnnie Walker Black Label.

Doch etwas erstaunte mich zutiefst. Wo war mein Mykonos der frühen 80er-Jahre geblieben? Das Städtchen war gewachsen bis über die Windmühlen hinaus, ich kannte mich nicht mehr aus. Das Windmill hatte die Schotten dichtgemacht, die Eingangstür war mit rohen Brettern vernagelt. Der Stolz der Insulaner, der internationale Flughafen, brachte Menschenmassen, die Plätze, Hafen und Straßen fluteten. Als die Fähre anlandete, war ich geradezu schockiert von der Touristenmenge. Doch unsere Unterkunft für die nächsten drei Nächte war – das Magas-Hotel. Und dort hatte sich überhaupt nichts verändert, außer, dass es nicht mehr das letzte Haus am Berg war. Die Stadt hatte sich das Magas-Hotel einverleibt. Beim Betreten der Unterkunft war ich selig. Alles war so wie in meinen Erinnerungen gespeichert. Auch jetzt war der weiß getünchte Innenhof mit den hohen Weinreben der Treffpunkt für Unternehmungen, zum Klönen oder beim Frühstück. Ich hatte sogar mein altes Zimmer wieder. Unfassbar.

So saßen wir am ersten Abend nach Sonnenuntergang noch gemütlich beisammen, bevor wir wieder die Nacht zum Tage machen wollten, als ein altes Mütterchen, gestützt auf einen Stock, die Rezeption verließ. Sie schaute kurz, blieb dann stehen und bewegte sich in unsere Richtung. Die alte Frau zeigte auf mich und sagte in einem schlechten Englisch: „Du warst schon mal hier. Vor langer Zeit." Mir blieb die Spucke weg. Maria, die ehemalige Hotelbesitzerin hatte mich wiedererkannt. Ich sprang auf und umarmte sie. Wir beide machten es uns dann mit einem Glas Demestica im Innenhof gemütlich. Dies ist einer von vielen Abenden, die man nie vergisst.

Weihnachten

So eine Flut von Feiertagen

ist für die Frau nicht zu ertragen.

Dem Herrn des Hauses scheints egal,

ist genug Bier nur im Regal.

Der Sohn fliegt ein aus Übersee,

er wünscht sich reichlich Eis und Schnee.

Denn jeden Tag hätt er nur Sonne,

Frost und Schnee wärn eine Wonne.

Die Tochter kommt mit Kind und Kegel

für ein paar Tage, so die Regel.

Gans würden sie doch nicht mehr essen!

Der Wunsch nach Grünzeug sei vermessen?

Der Frau, der wird es angst und bang.

Was fang ich nur mit denen an?

Ich kann machen, was ich will,

es wird nicht recht sein, denkt sie still.

Schnappt Tasche, Mantel und die Schuh,

verlässt die Wohnung dann im Nu.

Jetzt sitzt sie lässig im Cafe`

in einer Stadt am Bodensee.

„Ich wünsch euch festlich schöne Tage,

die hab auch ich, gar keine Frage."

Die Nachricht schickt sie noch nach Haus –

doch dann macht sie das Smartphone aus

Das hübsche Weihnachtswunder von Steilshoop

Matthias sah sich um. Kahle Wände, eine einsame Glühlampe von der Decke baumelnd, die wichtigsten Möbelstücke an ihrem Platz, Kartons und Kisten hier und da, meist im Wege stehend. Ach herrje. Bereits vor drei Wochen war er hier in eines der Hochhäuser in Steilshoop eingezogen, aber so richtig daheim fühlte er sich nicht.

„Du ziehst nach Hamburg – Wahnsinn! Du Glücklicher", die Stimme seiner Schwester klingelte noch in seinem Ohr. Miriam hielt Hamburg für die schönste Stadt der Welt. Matthias war da deutlich zurückhaltender. Ja, als Tourist, da war Hamburg echt toll. Aber sonst? „Auch hier wird nur mit Wasser gekocht", murmelte er leise vor sich hin. Die Mieten muss man sich erst mal leisten können, da bleibt eben vorerst nur der Affenfelsen von Steilshoop. Dabei hatte Matthias echt Glück gehabt, dass er überhaupt so schnell eine Wohnung gefunden hatte. Vielleicht könnte man in späterer Zeit einmal eine Bleibe in Eppendorf oder Eimsbüttel in Erwägung ziehen, die Isestraße oder das Generalsviertel, da war Matthias nicht abgeneigt. Aber noch teilte er das Schicksal von etwa zwanzigtausend Menschen, die alle nebeneinander, übereinander und untereinander gestapelt ihr Leben lebten.

Auf seinen winzigen Balkon hatte er einen kleinen Weihnachtsbaum gestellt. Dieser strahlte schon jetzt am frühen Nachmittag und ließ auch Matthias´ Herz erstrahlen. Er öffnete die Balkontür, ein wenig neugierig, ob in den anderen Wohnungen schon festliches Treiben herrschte. Schließlich war Heiligabend und die Häuser standen so dicht, dass man ohne weiteres am Leben der anderen teilnehmen konnte. An den Fenstern jedenfalls prangten schon seit Wochen alle Variationen der vorweihnachtlichen Schmück-Kunst. Manches Mal edel und dezent, oft auch einfach nur schrill, an manchen Fenstern kein Hauch von Weihnacht, an vielen Fenstern blinkend und bunt.

Matthias hatte heute Nachtdienst. Ab 21.00 Uhr begann mit der Übergabe sein Dienst als Notfall- und Intensivmediziner im Krankenhaus Barmbek. Wäre er jetzt noch auf seiner alten Stelle im Westerwald gewesen, so wäre dies einer der ruhigsten Nachtschichten des Jahres geworden. In einer Großstadt war er sich da nicht so sicher. Selbstverständlich hatte er sich für Heiligabend in die Nachtschicht einplanen lassen, schließlich hatte er gerade erst dort angefangen und war auch Single. Sollten seine Kollegen ruhig den besonderen Tag mit ihren Familien verbringen dürfen. Matthias war es recht. Seine Verwandtschaft bestand nur noch aus seiner Schwester Miriam, und die lebte derzeit in Luxor. Als Archäologin und Ägyptologin war sie eine gefragte Expertin auf dem Gebiet der Hieroglyphen- und Keilschriftübersetzung und daher nur zeitweise zu Besuch in Deutschland. Aber, so versicherte sie Matthias bei jedem Telefonat, wenn ich wieder zurück nach Deutschland gehe, dann nur nach Hamburg.

Es klingelte. Kurz und zaghaft, fast schüchtern hatte da jemand seine Türklingel betätigt. Da – nochmal – ebenso schüchtern, ertönte sie ein zweites Mal.

Der einsneunzig große Matthias öffnete die speckige, seit Jahren nicht mehr gereinigte Tür, was ihm in diesem Moment ziemlich peinlich war, obwohl die Vorgänger ja daran die größere Schuld trugen.

Er sah auf einen schokoladenbraunen Lockenkopf hinab, dessen glänzende Pracht sich auch durch Spangen und Haarreif nur unzureichend bändigen ließ. „Entschuldigen Sie bitte, dass ich am Heiligen Abend störe." Sie hob den Kopf. Zierlich war sie. Große grüne Augen, tief wie ein Bergsee, schauten Matthias an. „K-kein Problem." Er stotterte. Mit so einer angenehmen Überraschung hatte er heute nicht mehr gerechnet. „Mein Name ist Elfi - Elfi

Neumann - ich bin ihre Nachbarin – also die da." Dabei zeigte sie auf die Wohnung rechts neben seiner. „Aha." Passenderes fiel ihm ad hoc nicht ein.

So sprach Elfi weiter: „Könnten Sie mir bitte mit etwas Majoran aushelfen? Ich hatte Nachtschicht und bin danach so tief eingeschlafen, dass ich erst jetzt aufgewacht bin. Aber nun ist es zu spät zum Einkaufen, alle Geschäfte sind zu." Ihre Augen wurden feucht. Oh Gott, oh Gott, dachte Matthias, bitte fang nicht an zu weinen. Schnell sagte er: „Kommen Sie doch bitte herein, aber (schon wieder war es ihm peinlich) schauen Sie sich nicht so genau um." Und während sie durch seine Diele gingen, „Ich bin vor drei Wochen erst eingezogen und habe mich noch nicht so richtig einrichten können. In einer der Kisten ist ein Gewürzregal, mit hoffentlich Majoran drinnen." Aufmunternd schaute er Elfi an. Die war nicht mehr ganz so betrübt. „Das kenne ich gut", plauderte sie los, „ich bin erst vor drei Monaten hierhergezogen. Es dauert etwas, bis man sich heimisch fühlt."

Währenddessen hatte Matthias angefangen, in der ersten Kiste herumzuwühlen. Schiet, warum hatte er die auch nicht beschriftet, so wie Miriam es ihm gesagt hatte. „Schauen Sie", sagte die hübsche Nachbarin, „draußen hat es angefangen zu schneien." Beide gingen zum Balkon, wo die Flocken sanft auf das leuchtende Tännchen herabrieselten. „Noch in Kisten wohnen, aber schon einen Weihnachtsbaum aufstellen…" Fast vertraut kamen ihr diese Worte über die Lippen. „Dann ist doch erst richtig Heiligabend," entgegnete Matthias und warf sich voller Elan auf die zweite Kiste.

Jetzt sehr munter, plauderte Elfi weiter. „Ich habe meine Eltern morgen zum Gänse-Essen eingeladen. Daher fehlt mir der Majoran. Zu dumm, dass ich nicht früher daran gedacht habe. Aber die Nachtschicht macht mich fertig. Es war viel los in der letzten Zeit."

Mittlerweile hatte Matthias auch in der zweiten Kiste keine Gewürze gefunden. Bisher hatte er meistens im Schachcafe gegessen, daher war es ihm noch nicht aufgefallen, dass Gewürze in seiner noch spärlich möbilierten Küche fehlten. Ihm reichten Salz und Pfeffer, er war kein Gourmet. „Darf ich fragen, welche Nachtschicht Sie meistern", fragte er nun ernsthaft interessiert. „Klar. Sollen wir nicht Du sagen, wir sind doch etwa in einem Alter – und außerdem Nachbarn". Das sagte Elfi so eher beiläufig, musterte ihn mit ihren tollen Augen und zeigte außerdem ein sehr hübsches Lächeln. Wie konnte Matthias da widerstehen. Fast zeitgleich rief er: „Hier ist das Gewürzbrett, holla, die Waldfee!" Elfi musste lachen. „Was denn nun - Du?", erinnerte sie ihn an das gerade Gesagte. „Ja, klar, ich bin Matthias." „Ach, so heißt auch mein Bruder, das kann ich mir gut merken."

Der, der so heißt wie der Bruder, hatte den Majoran in Kiste 4 entdeckt und hielt ihn Elfi vor die Nase. „Bitte schön, Frau Elfi, ich kredenze Euch das erlesene Gewürz." Dabei machte er eine übertrieben tiefe Verbeugung mit Kratzfuß und wedelte mit einem imaginären Hut durch die Luft. „Vielen Dank dem edlen Herrn Matthias", witzelte Elfi weiter, „möge er denn zum Dank an dem morgigen Festmahl in meiner bescheidenen Hütte teilnehmen wollen?" Elfi sah Matthias direkt in die Augen. Und wiederholte: „Echt jetzt, magst Du morgen Abend zum Essen rüberkommen. Um 19.00 Uhr und meine Eltern sind gar nicht so übel."

Matthias wurde ein klein wenig rot und verlegen. Heute war seine letzte Nachtschicht, dann hatte er zwei Tage frei. „Okay, gerne." Jetzt errötete Elfi. „Das ist sehr, sehr schön, ich freue mich", und man merkte ihr an, dass sie diese Worte ernst meinte.

Zufällig war Matthias` Blick auf die alte Pendeluhr gefallen, die schon ihren Platz neben dem Fenster gefunden hatte. „Sei mir nicht böse,

Elfi, aber ich muss Dich jetzt quasi rausschmeißen. Ich habe Nachtschicht, muss duschen und noch was essen." Bedauernd sah er zu der zauberhaften jungen Frau, die ihn anlachte. "Zur Nachtschicht. So, so. Das ist ja ein Ding. Darf man fragen, um welche Nachtschicht es sich da so handelt?" "Ich war Erster", erwiderte Matthias, "Du hast mir meine Frage nach Deiner Arbeit noch nicht beantwortet." Er zwinkerte. "Also?" "Okay, Du hast gewonnen. Ich bin Anästhesistin im Uniklinikum." "Oh ha!" Matthias musste lachen. Elfi grinste fragend. "Was ist los? Schlechte Erfahrungen gemacht?", fragte sie. "Nein, nein, alles bestens, Elfi. Ich bin auch Anästhesist, aber im Barmbeker." "Das gibts doch nicht." Elfi war baff. Sie schauten sich an. "Ich finds gut," meinte Matthias, "dann gehen uns die Gesprächsthemen nie aus." Das klang irgendwie nach Zukunft. Elfi fiel es direkt auf. Sie drehte sich zu ihm hin. "Okay, ich geh dann mal. Morgen Abend um Sieben, nicht vergessen, ja." "Wie könnte ich." An der Haustür kamen sie sich gefährlich nahe als sie sich verabschiedeten.

Später ging Matthias zu Fuß zur Arbeit, nicht, ohne noch im Schachcafe einen starken Kaffee zu genießen. Essen konnte er nichts, sein Bauch war so voller Glück, dass da nichts mehr hineinpasste.

Kurz bevor er das Krankenhaus erreichte, fielen aus dicken schwarzen Wolken wieder filigrane Schneeflocken in diese gesegnete Heilige Nacht.

Es wurde das erste von vielen frohen Weihnachtsfesten, doch dieses würde Ihnen in ewiger Erinnerung bleiben.

Sport ist Mord

Bitte, verstehen Sie mich nicht falsch. Ich habe nichts gegen Sportler. Ganz im Gegenteil: Meine grenzenlose Bewunderung für diese willensstarken Menschen, die ihren Körper schinden und schänden, die hinter der Ziellinie japsend im Schnee liegen, die ausgekugelte Schultern, Platzwunden oder offene Brüche mit Gleichmut ertragen, ist riesengroß. Allein, verstehen kann ich es nicht. Man erklärte mir einst, das hätte etwas mit Adrenalin und Dopamin zu tun. Sportler könnten auf dieses Glücksgefühl nicht verzichten, sagt man. Bei mir bewirken Schokolade oder Bon Jovi Glücksgefühle, ganz entspannt auf dem Divan und ganz ohne körperliche Bemühungen. Bei einigen wenigen Sportarten verdient man so gut, dass gerissene Muskeln oder verdrehte Hüften quasi weggeatmet werden. Die ganz Schlauen verdienen gar ihre Millionen auf der Ersatzbank. Das wäre durchaus auch etwas für mich, aber bis dahin hat man schon die ein oder andere Fraktur zu durchlaufen. Nein, Spitzensportler werden, wäre niemals mein Traum gewesen. Schon die strenge Diät und die ständigen Blutuntersuchungen wären für mich ein Graus.

Aber es gibt jede Menge Leute, die quälen ihren Körper ganz freiwillig, für gar nichts. Das verstehe ich erst recht nicht. Und nie im Leben würde ich meine hübsche Armbanduhr gegen so einen seelenlosen Fitnesstracker eintauschen, der mir ständig irgendwas von Pferd erzählt: Ich soll gefälligst noch 6000 Schritte gehen, mein Blutdruck fliegt mir um die Ohren, mein Herz meldet einen Infarkt an, und in zwei Monaten läuft mein Impfstatus für die Hühnergrippe ab. Gott bewahre. Wer da noch nicht krank ist, spätestens mit so einem Ding ist es bald soweit.

Es ist ja beileibe nicht so, dass ich es nicht auch versucht hätte. Das mit dem Sport. Als Kind machte es mir sogar großen Spaß, wenn beim Spaziergang ein Trimm-dich-Pfad inkludiert war. Auch das

Schwimmen in einem See, mein Vater brachte es mir bei, fand ich toll. Der Schulsport? Nö, da war ich überhaupt nicht scharf drauf. Kein Ehrgeiz, kein Wille. Bundesjugendspiele? Die waren Pflicht, sonst hätte ich geschwänzt. Ich war immer die Letzte. Beim Springen, beim Werfen, beim Laufen. Aerobic-Fieber? Ging an mir vorbei. Fitnesscenter und Hallenbad? Schon der Gestank ließ und lässt mich Abstand nehmen. Tennis? Klar! Ich kaufte ein volles Equipment mit sündhaft teurem Schläger. Nach der dritten Trainingsstunde wusste ich es ganz genau, dass wird nicht meins. Langlauf und Schlittschuhfahren? Habe ich ganz ernsthaft probiert. Plus edler Sportbekleidung und Skier. Rauf auf die 25 km-Loipe. Nach der Hälfte des Weges fand sich eine Jagertee-Bude. Drei davon getrunken, angefangen zu frieren wie Hund, und in dem edlen aber dünnen Trikotzeug noch irgendwie das Zuhause erreicht. Was soll ich sagen? Es war auch nicht mein Ding. Nordic Walking? Ja, das war super, bis mir jemand erklärte, dass diese Sportart geradezu Gift für die Schultern sei. Meine Schultern sind mir heilig. Yoga? Sowas von. Das ist doch kein richtiger Sport. Vier Yogastunden später, überdachte ich meine Annahme. Es ist Sport, daher nichts für mich. Am allerschlimmsten daran aber ist der Yogi-Tee, die Duftkerzen, das Grimassen-Schneiden und dieses Chakren- und Mantra-Gedöns.

Nein, wie Sie merken, ich habe mich wirklich und redlich bemüht, aber es sollte nicht sein. Dafür laufe ich oft Treppen hoch und runter, parke das Auto etwas weiter vom Eingang weg, mache Haus- sowie Gartenarbeit, und halte meine Faszien so einigermaßen in Schuss. Ach ja, Seniorensport am Stuhl? Super! Ich habe doch noch meine Sportart gefunden.

Anna

Wir befinden uns im Jahr Zwei der Corona-Pandemie, ja fast schon am Beginn des Jahres Drei dieses Verhängnisses, dieses Fluches, welches die Menschheit in Angst und Schrecken versetzt, unsere Regularien und Gewohnheiten umstößt, unser aller Leben und das Miteinander so grundsätzlich verändert, verhindert oder sogar infrage stellt. Und doch gibt es so viele zauberhafte Momente im Leben, die uns vielleicht weiter verborgen geblieben wären, hätte unser Leben nicht innegehalten. Anstatt immer weiter, immer höher hinauf, nun zum Nichtstun verurteilt, gewinnt das kleine Glück an Bedeutung.

Und passend zu unserem sehr persönlichen Glück begrüßt mich das heutige Kalenderblatt am 16. Januar 2022 mit dem Spruch:

Das Glück kommt auf leisen Sohlen. Springt unverhofft auf deinen Schoß und schnurrt unsagbar schön (von Jochen Marriss).

Rückblick:

Frühjahr 2021. Noch immer herrscht die Pandemie, die uns plötzlich im März des letzten Jahres aus dem gewohnten Leben riss. Es ist jetzt der zweite Aprilmonat im Ausnahmezustand. Wir befinden uns im Lockdown. Mein runder Geburtstag ist sang- und klanglos vorbeigegangen, die Osterfeiertage verlaufen trostlos und trist, was vielleicht auch an dem wenig frühlingshaften Wetter liegt. Emmy möchte auch nicht nach draußen. Emmy ist unser Katzenbaby. Nun, sie ist schon elf Jahre alt, aber sie ist halt unser Baby. Nicht umsonst sagt der Volksmund, das letzte Kind trägt ein Fell.

Ich liebe es sie zu streicheln und zu beobachten, wie sie völlig unaufgeregt die Welt um sich herum mit leisen Sohlen inspiziert, wie sie stundenlang im Schlaf versunken sich räkelt oder streckt. Diese völlige Ruhe und Gelassenheit überträgt sich auch auf mich. Ich bedauere es sehr, dass sie es immer mehr vorzieht, im Erdgeschoss bei meiner Mutter zu verweilen. Das ist ein bisschen ihrem Alter und der Treppe geschuldet, wohl aber noch eher ihrer Schlauheit, denn sie wird dort noch mehr verwöhnt als es bei uns der Fall ist. Die Terrassentür wird geöffnet, wann immer sie es lautstark einfordert und zwar sowohl hinein ins Haus als auch hinaus. Und ein Leckerchen ist immer drin.

Mein Mann ist äußerst skeptisch als ich ihm erkläre, dass noch eine Katze herbei müsse und zwar als Gefährtin für Emmy. Er durchschaut das Spiel augenblicklich. Eine Gefährtin für Emmy? Da müsse er ja gerade einmal lachen.

Aber auch ich kann traurig gucken und niedlich blinzeln.

Beim Anruf im Tierheim erfahren wir: Ja, es gibt einige Katzen, wir sollten am besten vor Ort schauen.

Gesagt, getan.

Mit Termin, Abstand und Maske dürfen wir einige Tage später das Tierheim betreten. Dort erklärt man uns, dass es wohl einige Tiere gebe, diese aber allesamt Wildlinge seien, die es bestenfalls auf einem Bauernhof in der Scheune aushalten würden. Die zahmen, vermittelbare Tiere seien jetzt in der Corona-Pandemie sehr schnell vermittelt worden. Ich war sprachlos. Wir hoffen, dass die Neubesitzer sich ihrer Verantwortung gegenüber den Tieren bewusst sind, weil es irgendwann wieder ein normales Arbeitsleben geben wird, ohne Homeoffice und Freistellungen, und dass dann ein Tier vielleicht nicht mehr zum Lebensmodell passen könnte oder beim nächsten Urlaub im Wege sei, sagte mir die Mitarbeiterin noch. Wie sich später herausstellte, sollte sie mit dieser Vermutung Recht behalten. Nach der Pandemie wurden die Tierheime wieder voll und voller.

Ich bin traurig. „Ach halt, da gibt es ja noch Anna. Die ist vor zwei Tagen aus einer Vermittlung zurückgekommen." „Warum?" „Anna hat den Hausherrn gebissen", ist die Antwort. Mein Mann guckt wieder skeptisch, ich will sie unbedingt sehen.

Wir betreten einen kahlen, bis an die Decke gekachelten Raum – das Quarantänezimmer. Auf einem Kratzbaum sitzt Anna, ein zierliches, schlankes, kleines Kätzchen, welches und aus blass-olivgrünen Augen misstrauisch beäugt. Oder skeptisch? Traurig? Ängstlich? Vorsichtig? Die Mitarbeiterin sagt: „Ich kann Ihnen leider über die Katze nichts sagen, außer dass sie vor sechs Wochen mit einer Fuhre Hunde aus Rumänien zu uns gekommen ist, und dass sie laut Pass bald vier Jahre alt wird.

Endlich sei sie vermittelt worden, aber wegen des Bisses hätten die Vorbesitzer sie dann halt wieder zurückgebracht.

Ich so: „Die nehmen wir." Anna versteht, steht auf und betritt ohne Zögern den vorgehaltenen Weidekorb. Mein Mann guckt schon wieder skeptisch.

Lange Rede kurzer Sinn. Anna wohnt drei Monate unter unserem Sofa. Nachts, wenn alles schläft, frisst sie alles, was hingestellt wurde. Emmy schaut immer mal wieder vorbei und scheint mit komischen Tönen und seltsamen Verrenkungen den Neuankömmling aus seinem Versteck locken zu wollen. Leider vorerst ohne Erfolg.

Irgendwann huscht ein weißer Blitz von Couch zu Sessel und umgekehrt. Nach weiteren acht Wochen traut sich Anna auch längere Zeit und während unserer Anwesenheit nach draußen. Schließlich darf ich bis auf eine Armlänge an sie heranrobben und wir spielen Ping-Pong mit einem kleinen Ball. Emmy und Anna sind schon etwas weiter. Ich sah sie zusammen auf dem Sofa liegen.

Und dann geschieht das Wunder. Das Eis ist gebrochen. Sacht und sanft drückt sie sich schnurrend an mich. Sicher ist sie noch sehr schreckhaft, das wird sich bestimmt nicht so schnell verlieren. Aber das Anna eine Schmusekatze ist, dass ist schon ganz klar. Sie ist eine so wunderschöne, liebe, dankbare Katze. Wir sind sehr froh, dass sie den Vorbesitzer gebissen hat. Vielleicht hat sie geahnt, dass er nicht der Richtige für sie war. Es sollte nicht sein.

Lokalreport

Ich bin Volontär bei der hiesigen Tageszeitung und zu Gast bei der Neugründung einer Selbsthilfegruppe für pflegende Angehörige im Nachbarort. Der Veranstalter hatte mich im Vorfeld informiert, dass sich über dreißig Leute angemeldet hätten, und dass dies für eine Gründungsstunde eine gewaltige Zahl sei, so versichert es mir jetzt der Leiter der Gruppe. Der Bedarf für eine solche Selbsthilfegruppe ist anscheinend hoch. Die Anwesenden bleiben in dieser ersten Kennenlernstunde anonym, auf ein Foto wird verzichtet. Das Einverständnis, dass ein Reporter bei dieser Gründungsstunde dabei sein darf, liegt von allen Anwesenden vor. Ich werde teilweise ein Diktiergerät mitlaufen lassen und bin sehr gespannt, was mich heute hier erwartet.

Der Gründer und Leiter der Gruppe begrüßt die Anwesenden, etwa zwei Drittel sind dies Frauen, und stellt sich selbst als pflegende Person vor. In seiner Ansprache stellt er die einschlägige Meinung von Experten gleich an den Anfang: „Häusliche Pflege macht krank." Die Gefahr, den eigenen Körper und die eigene Gesundheit als Pflegeperson zu vernachlässigen, sei groß. Erst wenn irgendwann die Pflege des Angehörigen ende, kämen eigene gesundheitliche Beschwerden mit Macht ans Tageslicht und lange unterdrückte eigene Bedürfnisse zum Vorschein. Das resultiere aus dem Zustand, dass häusliche Pflege vom Umfeld als selbstverständlich und von der Gesellschaft allgemeinsozial erwartet würde. Die Pflegeperson würde selten gefragt, ob sie es überhaupt machen wolle, ob sie sich das zutrauen würde. Im Grunde werde es durch die Umstände bestimmt. Da die Gefahr groß sei, als Raben-Tochter oder als undankbarer Sohn abgestempelt zu werden, wenn man die Pflege nicht übernehmen wolle, würde diese in das eigene Leben irgendwie integriert, was aber über kurz oder lang zu einer gesundheitlichen oder mentalen

Überlastung der Pflegeperson führen könne. Betroffene hätten keine Lobby und könnten kaum auf Verständnis in ihrem Bekanntenkreis oder auf ihrer Arbeitsstelle hoffen, wenn sie wieder einmal zu müde seien, um auszugehen, nicht flexibel im Büro einsetzbar seien oder einfach nur Redebedarf hätten. Und der Redner weiß aus eigener Erfahrung: „Meiner Schwester ging es gut, aber mein eigenes Leben war irgendwie zu Ende." Dies sei für ihn auch der Grund gewesen, eine Selbsthilfegruppe für pflegende Angehörige zu gründen.

Die allgemeine Debatte wird eröffnet, doch aller Anfang ist schwer. In diesem Falle heißt das, es kostet Überwindung seine Sorgen und Nöte den Anwesenden mitzuteilen, um daraus eine Reaktion oder gar Hilfe zu erfahren. Es meldet sich eine junge Frau zu Wort. Sie empfindet die Pflege ihrer Mutter, die an Parkinson erkrankt sei, noch nicht als belastend. Im Grunde würde doch für Pflegende viel getan, um diese Zeit zu meistern. Aber sie sei hier, um herauszufinden, ob andere Gleichgesinnte ebenfalls Schwierigkeiten bei der Suche nach ambulanten Pflege- und Betreuungsdiensten hätten. Auch für die Hauswirtschaft würde sich niemand finden, bzw. überall gäbe es Wartelisten. Man müsse sich lange gedulden, bis es endlich einen positiven Bescheid zur Übernahme gäbe. Mittlerweile sei sie bei fünf ambulanten Pflegediensten auf der Warteliste gelandet. Da spricht die junge Frau wohl ein großes Problem in der Pflegesituation an. Nach und nach erzählen die Anwesenden von ihren Bemühungen, geeignete Maßnahmen für ihre Angehörigen generieren zu können. Es gibt sogar Stimmen, die von sich sagen, dass sie schon einen Pflegedienst gefunden hatten. Dieser habe dann aber wegen Personalmangel gekündigt. Nun stehe man da, hilflos und planlos.

Eine sehr junge Frau erregt die Aufmerksamkeit der Gruppe, als sie zu weinen anfängt. Als sie sich wieder etwas beruhigt hat, erzählt sie: Sie sei erst 24 Jahre alt und pflege seit einem halben Jahr ihre 65-jährige verwitwete Mutter. Diese habe eine schnell fortschreitende MS, die Ärzte hätten ihr nur noch eine kurze Lebenszeit eingeräumt. Aber schon jetzt sei ihr der gesamte Bekannten- und Freundeskreis eingebrochen. Sie würde nicht mehr eingeladen, da sie sowieso nie an irgendetwas teilnehmen könne. Zwei ihrer Freundinnen würden in Kürze heiraten, um dann Familien zu gründen, und sie selber hätte noch nicht mal eine Beziehung. Irgendwie laufe das Leben an ihr vorbei. Aber ihre Mutter würde ihr so unendlich leidtun, sie könne sie einfach nicht sich selber überlassen, oder sie gar in ein Heim geben. Zwar habe sie noch zwei ältere Geschwister, diese aber wohnten nicht in der Nähe. „Die Situation überfordert mich. Und mir hört auch keiner mehr zu. Darum bin ich hier. Ich brauche Gleichgesinnte, die nachfühlen können, was in mir vorgeht, und hoffe, das hier zu finden." Sie setzt noch einen drauf. „Eines weiß ich mit Sicherheit. Ich selber würde meinen eigenen Kindern das nicht zumuten wollen."

Es entsteht eine Diskussion unter den Teilnehmern, die junge Frau wird umringt und bekommt Zuspruch. Der Leiter der Gruppe nimmt das Gesagte auf und lässt keinen Zweifel daran, dass genau aus diesen Gründen die Treffen mit Gleichgesinnten so wichtig sei. Es gibt allgemeines Nicken und zustimmende Wortmeldungen.

Einer der wenigen Männer steht auf. Er ist schon selber im Rentenalter und gibt an, seine ältere Schwester zu pflegen. „Meine Schwester ist ein Pflegefall, und sie hasst es," mit diesen Worten beginnt er zu erzählen. Er sei alleinstehend und seine Schwester ebenfalls. Diese Schwester konnte in ihrem ganzen Leben noch nie etwas mit Alten oder Kranken anfangen. Sie wollte immer nur jung sein, gut aussehen und ihr Leben selbstbestimmt gestalten. Jetzt sei sie aber alt und krank, und wegen dieser Situation entsprechend ungehalten und in Teilen ungerecht ihm gegenüber. Dass es so schwierig sein würde, habe er sich nicht vorstellen können. Seine Schwester habe mittlerweile den Pflegegrad 4. Sie würde ihren Zustand nicht akzeptieren. „Sie ist so unzufrieden mit ihrer Situation," erläutert der Mann. „Und ich als Pflegeperson fühle mich ständig irgendwie schuldig und frage mich des Öfteren, gibt es noch etwas, oder mehr, was ich für meine Schwester tun kann? Liegt es an mir, dass sie so unzufrieden ist? Mache ich wirklich alles, was in meiner Macht steht? Ich habe mich seit einigen Wochen etwas zurückgenommen und mir gesagt, dass ich das nicht machen muss. Sie kann eigentlich auch in einem Pflegeheim unterkommen. Erst seit ich damit aufgehört habe, mir selber Vorwürfe zum Zustand meiner Schwester zu machen, geht es mir wieder besser. Ich habe angefangen die Unzufriedenheit zu ignorieren, auch und gerade damit ich gesund bleibe. In Wahrheit will ich sie ja gar nicht in einem Heim unterbringen, ich glaube, das bringe ich nicht übers Herz. Sie hat es auch nicht verdient." Er schluckt. „Aber die ganze Situation belastet mich doch sehr."

Wieder kommt es zu einer größeren Diskussion mit Beistand für den erwähnten Herren. Dieser wird von den Frauen gelobt, dass er seine Schwester so hingebungsvoll pflege. Das sei alles andere als selbstverständlich. Der allgemeine Tenor geht dahin, dass er mehr auf sich achten solle und auch einmal mit der Schwester Klartext reden müsse, wenn sie nur ihren eigenen Vorteil sehe und nicht mitbekomme, wie sehr ihr Bruder unter der Situation leide. Eine Frau sagt, dass es durchaus auch schwierig sei, wenn sich die Persönlichkeit im Alter und bei Krankheit ändere. So sei ihr sehr liebenswerter Mann nun als Pflegebedürftiger überaus grantig, würde mit Sachen werfen und ihr ständig androhen, eine Polin einstellen zu wollen, die ihn besser versorge als sie, die Ehefrau. Er würde Diagnosen und ärztliche Maßnahmen infrage stellen und seine Medikamente nicht regelmäßig einnehmen. Der Hausarzt würde als Quacksalber und Pillenmillionär betitelt, so dass dieser schon seltener zu ihnen nach Hause käme, als er es eigentlich sein müsse. „Ich kann ihn verstehen", sagt die Frau, „wer lässt sich schon gern beleidigen." Der Arzt hätte ihr gesagt, diese Persönlichkeitsveränderung würde mit der Demenz zusammenhängen. „Aber", die Frau wischt sich verstohlen eine Träne aus den Augenwinkeln, „ich weiß nicht, wie lange ich das noch durchhalte." „Das kenne ich gut", meldet sich ein Mann zu Wort. „Meine Schwiegermutter ist auch dement. Sie versteckt ihr Essen im Kleiderschrank und beschimpft meine Frau als dämliche Krähe. Meine Frau ist fix und fertig. Ich bin jetzt hier, um mir Anregungen und Hilfe zu holen, da meine Frau der Meinung ist, es sei ihre Aufgabe als Tochter das alles über sich ergehen zu lassen. Da bin ich aber ganz anderer Meinung. Wenn Besuch kommt, erzählt meine Schwiegermutter allen Ernstes, dass sie alles alleine machen müsse, weil ihre Tochter faul sei. Die würde nicht kochen und auch nicht putzen. Es ist nicht zum Aushalten. Ich sehe, wie meine Frau leidet. Im Grunde hat sie ihr ganzes Leben unter dieser Frau gelitten, aber jetzt ist es mit der Demenz noch viel schlimmer geworden. Auch weigert sie sich, zumindest einmal in der Woche in eine Tagespflege zu gehen. Was sie da solle, da wären nur alte Leute. Auf keinen Fall werde sie dort in diesen Altenkindergarten gehen. Ich dachte, mit diesem Vorschlag könnte ich meine Frau zeitweise etwas entlasten, aber ich habe meine Rechnung ohne diesen Drachen gemacht. Entschuldigung. Aber mir reißt langsam der Geduldsfaden. Sicher, die Würde des Menschen ist unantastbar. Die Würde des Pflegebedürftigen ist unantastbar. Aber was ist mit der Würde des Pflegenden? Hat da irgendjemand eine Antwort oder eine Lösung parat?" Der Mann verstummt. Man sieht ihm die Verzweiflung geradezu an.

Stille breitet sich aus. Einen Moment lang sagt niemand etwas. Der Leiter der Gruppe bittet den Mann, zum nächsten Treffen unbedingt seine Frau zu schicken, damit sie zumindest vorerst Hilfe durch andere Betroffene erfahren könne. Zum Abschluss dieses ersten Treffens erfahren wir die Geschichte einer Frau, die das Lachen noch nicht verlernt hat. „Ich bin eher aus Neugier gekommen", lässt sie die Anwesenden wissen. „Ich pflege erst seit vier Wochen meine Mutter. Ich glaube auch, dass ich es gut hinbekommen werde. Noch bin ich optimistisch, obwohl, wenn ich das hier alle so höre...", fängt sie zu erzählen an. Die Anwesenden nicken teilweise, und einer sagt: „Das habe ich auch gedacht." Zumindest grinsen jetzt einige. „Mich hat das anfangs echt überrollt", erzählt die junge Frau weiter, „es kam ziemlich plötzlich, aus heiterem Himmel. Schlaganfall. Doch das Entlass-Management und der soziale Dienst im Krankenhaus war einfach nur toll. Ich habe mich gut aufgehoben gefühlt, und als meine Mutter entlassen wurde, hatte ich alle Hilfsmittel Zuhause und alle Anträge waren gestellt. Doch jetzt erzähle ich das Wichtige, was mich erahnen lässt, dass ich besser auch mit Überraschungen rechnen sollte. Bevor die ambulante Pflege bei Mutter erscheint, muss ich ihre Windel wechseln, weil man das der Pflegerin nicht zumuten könne. Außerdem darf nur die Pflegerin meine Mutter waschen, bei mir wäre immer das Wasser zu kalt, weil ich an Heizkosten sparen würde, was natürlich totaler Unfug ist." Dabei muss sie grinsen.

Jetzt, am Ende, wird sogar gelacht. Auf ein Wiedersehen in 14 Tagen freut man sich, und ich bin davon überzeugt, dass diese Selbsthilfegruppe für Pflegende hilfreich ist und der Anfang davon, sich selber und seine eigenen Bedürfnisse wieder ein Stück weit eher wahrzunehmen. Das ist wichtig und gut.

Wechsel

Der Oktober steht vor der Tür. Endlich. Ich mag die Farben des Herbstes. Ich mag den Duft von Erde und verwelkendem Laub. Stundenlang kann ich dem leisen Fall der Ulmen- und Buchenblätter im Garten zuschauen. Es ist so schön, in einer Region zu leben, die uns den Wechsel der Jahreszeiten erleben lässt. Welch ein Geschenk der Natur. Man stelle sich vor, in einem Land zu leben, wo tagaus tagein die Sonne am Himmel steht und ihre unerbittlichen heißen Strahlen gen Erde sendet. Wo man wochenlang auf einen Regentropfen warten muss, auf das Nass, das uns und alles am Leben hält. Vielleicht könnte man dort den ganzen Tag im Badeanzug herumlaufen und hätte immer gute Laune. Vielleicht. Ich mag den Herbst. Da bin ich ziemlich alleine unterwegs, die meisten Menschen mögen eher das Frühjahr oder den Sommer. Im Herbst, so sagt man, wird man an die eigene Vergänglichkeit erinnert. Die einen sagen so, die anderen so. Fröhliche Weinfeste, Märkte, traditionelle Feiern wie das Erntedankfest sind doch wunderschön. Und mit etwas Glück gibt es sogar den goldenen Oktober mit einigen sonnigen Tagen, der die warmen Farben des Herbstes leuchten lässt. Auch der November jagt mir keinen Schrecken ein. Sicher ist es ein Trauermonat. Jeder von uns hat doch liebe Menschen verloren, um die er trauert. Dann lassen wir es doch zu. Erinnern wir uns zurück, und sind wir doch glücklich, dass diese Herzensmenschen uns ein Stück des Weges begleitet haben. Die Erinnerung an sie wird uns nicht genommen werden. Doch auch die kühlen, nassen und vernebelten Tage haben ihr Gutes. Die Muse, dass zu tun, wofür im Sommer keine Zeit war: Ein paar gute Bücher lesen, alte Schallplatten hören, Fotoalben suchen und durchblättern, einen Brief schreiben, mit der Hand, und mit Liebe. Aufs Sofa kuscheln mit einer Tasse heißen aromatischen Tees. Die ersten Mandarinen schälen und den wunderbaren Duft genießen. Der November hat nur 30 Tage, und die letzteren zählen meist schon in den Advent, der doch der Vorfreudemonat schlechthin ist. Der Advent kann so feierlich sein, so zauberhaft kindlich, so voll innerer Zufriedenheit und geleitet mit einem Staunen wie bei den Kleinen. Wir können es uns bewahren, indem wir bewusst die friedliche Stimmung in uns aufnehmen, den Schneeflocken mit den Augen folgen, und uns selber einen inneren Frieden schenken. Auch die anschließenden Feiertage können wir relaxed angehen. Es muss nicht alles funktionieren. Es muss nicht alles generalstabmäßig über die Bühne gehen. Vorbereitungen können delegiert werden. Wer sagt denn, dass nur eine einzige Person für alles zuständig sein muss. Wir brauchen etwas Humor und eine Prise ach egal. Wen stört es, oder wem fällt es überhaupt auf, wenn der Weihnachtsbaum zu klein ist, die Fenster nicht geputzt, die Schlagsahne fehlt. Wer meckert ist im nächsten Jahr dran. So könnte man das kommunizieren. Relax!

Papa ante Portas

Gitti säuselt durch das Smartphone in mein linkes Ohr, und ich stelle mir ihre Mimik vor, wobei ihre großen Augen fast aus den Höhlen rollen: „Es nervt…"

„Warum sprichst Du so leise? Ich kann Dich kaum verstehen." Dummerweise und angestrengt presse ich mir das Teil ans Ohr.

„Er liegt auf den Knien im Vorgarten und schneidet mit der Nagelschere die Rasenhälmchen ab, die stehen geblieben sind beim Mähen" wispert sie weiter. „Ich weiß nicht genau, ob er mich hört…, manchmal taucht er ganz plötzlich hinter mir auf und erschreckt mich fast zu Tode."

Ich lache laut. „Echt?" Ich stelle das Smartphone auf Lautsprecher. Das Gespräch dauert sicher. „Lach nicht, ich werde noch verrückt. Seit Rüdiger in Rente ist, dreh ich durch."

Die Wortlawine nimmt jetzt Fahrt auf und ist durch nichts mehr zu stoppen, zum Glück wird dadurch die Lautstärke wieder auf ein normales Maß hochgefahren.

„Du musst Dir vorstellen…. Er hat vom Speicher seine alte Märklin-Eisenbahn geholt und im Esszimmer aufgebaut. Wenn die Kinder kommen, müssen wir im Wohnzimmer essen, weil er darauf besteht, dass die jetzt genau dableiben muss, weil er sie „braucht". Ich verkneife mir das Lachen und kann Gittis Augenrollen bei dem Wort **braucht** förmlich sehen. Schon sprudelt es weiter: „Wenn ich andeute, dass ich zum Einkaufen in den Supermarkt fahre, sagt er Sachen wie, warte gerade noch bis ich fertig gesaugt habe, dann komme ich mit. Dort arbeitet er mit Akribie den Einkaufszettel ab, ich habe rein gar nichts mehr zu melden. Und hinterher darf ich noch nicht einmal meinen Cappuccino beim Bäcker trinken, weil der zu teuer sei. Schatz, äfft sie Rüdiger nach, für das Geld können wir eine ganze Packung kaufen, wir machen es uns Zuhause gemütlich.

Ich setze mich auf mein Chaiselongue. Das Telefonat scheint sich zu ziehen, es sieht so aus, als sei Rüdiger noch im Vorgarten.

„Wenn ich das schon höre", Gitti redet sich in Rage, „ gemütlich! Neulich hatte er unsere neuen Nachbarn eingeladen, einfach so. Schatz sagte er, heute Abend kommen Zimmermanns vorbei zum Grillen. Wie bitte, da war es schon so um die vier Uhr. Es war weder Fleisch aufgetaut, geschweige denn, irgendetwas Salatiges in der Mache. Dauernd lädt er jetzt irgendwelche Leute ein. Jahrelang war Rüdiger sowas von sozial inkompatibel, jetzt habe ich ständig die Bude voll sitzen. Ich will, dass er wieder arbeiten geht. Oder Angeln, oder Segelfliegen, irgendwas, womit er ein paar Stunden am Stück beschäftigt sein wird, und vor allem, mir aus den Füßen ist." Gitti hat gerade Fahrt aufgenommen, als die Stimme in ein kaum hörbares Flüstern übergeht:" Er kommt, ich rufe später nochmal an."

„Ok", sage ich, unterbreche das Gespräch und bin heilfroh, dass ich geschieden bin.

Empört euch

Meine sehr verehrten Damen und Herren…
Es deutet leider alles darauf hin, dass diese höfliche Anrede in absehbarer Zeit in der Versenkung verschwunden sein wird, seit es nicht mehr nur zwei Geschlechter gibt und wie bei den Nachrichten in den öffentlich-rechtlichen Medien bereits geschehen. Auch wenn so mancher, was über zwei Geschlechter hinaus geht, als psychiatrisch durchaus auffällig erachtet. Der/die/das/divers/ens fühlt sich mit unserer bewährten Grammatik nicht mehr angesprochen oder gar diskriminiert, was Moderatoren, Journalisten, Politiker, Universitäten, DAX-und sonstige große Unternehmen sowie weitere lustige Leute voll auf den bereits schnell fahrenden Zug aufspringen lässt, indem sie mit einer Art Schluckauf, dem Einlegen von Kunstpausen und dem Bilden von seltsamen Buchstabenaneinanderreihungen und Wortkreationen dem Begehren einer winzigen Minderheit Rechnung tragen. Geschrieben sieht man vor lauter BinnenIs, Unterstrichen, Doppelpunkten und Sternchen das Firmament nicht mehr. Ich stelle daher für mich fest: Wir haben gepflegt einen an der Waffel. Der neu erdachte Artikel ens beispielsweise, steht für eine geschlechtslose Formulierung, bei der sich alle angesprochen fühlen sollen. Franzosen, Italiener und Briten, um nur wenige zu nennen, würden nie auf die Idee kommen ihre schöne Muttersprache zu verhunzen. Darf man noch Muttersprache sagen? Ganze Worte gelten nun gemeinhin als diskriminierend. Ich komme langsam nicht mehr mit. Aus Pippi Langstrumpfs Papa wurde bereits der Südseekönig, denn Negerkönig…ihr wisst schon. Schneewittchen und die sieben Zwerge, nein, nein, das geht gar nicht. Schneewittchen und die sieben Kleinwüchsigen sei jetzt regelkonform. Es gilt als rückständig und unanständig, Worte wie Neger, Mohr, Indianer, Hexe, Zigeuner zu sagen, aber da rege ich mich dann ein anderes Mal drüber auf.

Zurück zu unserer Sprache. Es fing relativ harmlos an. Das generische Maskulinum wurde aus dem Online-Duden verbannt, und wenn es auch aus dem Papierexemplar verschwindet, darf der Duden eigentlich nicht mehr Der Duden heißen, sondern Ens Dudens, oder so. Aus „liebe Bürger" wurde sehr schleichend und schon sehr verbreitet, liebe Bürgerinnen und Bürger. Je nachdem, wer es ausspricht, versteht man dann liebe Bürger und Bürger, weil das *innen verschluckt wird. Das aber war und ist noch harmlos gegen das, was uns womöglich erwartet und was kein Ausländer, also ein nichtdeutscher Muttersprachler, imstande sein wird zu lernen. Auch wenn er/sie/es/divers/ens sich noch so doll anstrengen. Da auswandert der geneigte ausländische Facharbeiter und IT-Spezialist aus Japan oder Indien lieber zum englischsprachigen oder ähnlich grammatikalisch einfacheres Gebiet hin. Erst recht, wenn diese schlauen Leute sich ausrechnen, was hierzulande nach Abzug von Steuern und Sozialabgaben vom Lohn so übrig bleibt am Ende des Monats. Aber genug, auch darüber rege ich mich sehr gerne ein anderes Mal auf.

Bleiben wir bei unserer Sprache, die immer öfter verhunzt, verwarzt, verschandelt, vergewaltigt, ja grausam gemeuchelt wird. Beispiel gefällig? Bitte sehr. Die Urlauber wurden bereits ausgeflogen. Das ist altdeutsch. Einer jeder versteht den Satz sinngemäß. Neudeutsch heißt es hingegen "Die Urlaubenden wurden bereits ausgeflogen." Wie jetzt. Der Urlauber wird nun zum Urlaubenden, obwohl der Urlaub augenscheinlich vorbei ist. Und auch im Voraus war er bereits ein Urlaubender, der den Ferienflieger erst bestieg. Ich dachte eigentlich, derjenige sei der Urlaubende, der gerade im Moment urlaubt und sich weder schon wieder daheim oder noch daheim befindet.

Fahrradfahrende! Fährt ens noch, ist ens gefahren, will ens demnächst fahren. Man weiß es nicht.

Opernsingende…!

Kund:in! Was ist ein Kund, bitte schön.

Und noch eine wahre Stilblüte der neuen Gaga-Wortkonstruktionen der woken Gesellschaft: Krankenschwester:innen.

Dick wird zu voluminös, was ich fast noch schlimmer finde. Es gibt keine braunen, schwarzen, gelbe, rote, grüne Menschen mehr, sondern POCs, People of Colour, was sich auch nicht gerade schön anhört. Nur wer weiß ist, derjenige darf seine Farbe behalten und weiterhin als Weißer durchs Leben traben.

Aus den Eltern werden Elter1 und Elter2, wobei ich mich diskriminiert fühle, wenn ich nur Elter2 bin. Vielleicht kann ich mich irgendwo beschweren. Aber Elter 1 und 2 stehen durchaus auf der Kippe, da sich auch die Bezeichnungen nicht-gebärendes Elternteil und gebärendes Elternteil durchaus auf Dauer durchsetzen könnten. Kinder brauchen ebenso keine Namen mehr, wenn es nach den Genderschlaumeiern geht. Die werden nämlich als K1, K2, etc geführt.

Ihr glaubt mir das nicht, oder? Hier eine kleine Kostprobe, von ihm/ihr/ens, am 27.02.2021 von Google wissen wollend:

Was sagt man statt Mutter?

Und Google antwortet:

Statt „Mutter" soll man in Zukunft „austragendes Elternteil" sagen, der Vater heißt „nicht-gebärendes Elternteil". Das diskriminierende Wort „Muttermilch" könnte etwa durch „menschliche Milch" oder „Naturmilch" ersetzt werden. Wobei letzteres noch ökiger und sogar weniger sexistisch klinge.

Es wird gewünscht, dass diskriminierende Wörter möglichst komplett verschwinden. Nur, wer genau legt eigentlich fest, was wen diskriminiert? Politiker?, Genderforscher?, Transsexuelle?, Oder wer? Fakt ist, dass nach dem neuen Selbstbestimmungsgesetz sich alle Arten von Meldemuschis und Miesepeter praktischerweise an die Diskriminierungsmeldebehörde wenden sollen und können. Ja, richtig gelesen, so wie in der DDR. Wir sprechen von ungefähr 0,002% der deutschen LGBTQ-Bevölkerung, die sich über Gebühr diskriminiert fühlen. Diese Zahl variiert jährlich, da man laut besagtem Selbstbestimmungsgesetz höchstamtlich männlich sein kann, im nächsten Jahr dann weiblich, Eintrag genügt, oder sollte man auch mit fünfzig noch nicht wissen, ob man Männlein oder Weiblein ist, bliebe divers die Qual der Wahl. Jetzt mal auf gut deutsch: Ich habe mir folgendes überlegt. Zu Weihnachten werde ich meiner Familie eröffnen, dass ich lange genug die Heike war. Ab Januar werde ich der Johannes sein (ich entschuldige mich hiermit bei allen Johannesen weltweit). Meine Tochter wird mit den Achseln zucken, sie ist gerade in dem Alter in dem alles egal ist, nur nicht das Klima. Mein Mann wird die Scheidung einreichen. Meine Eltern werden begeistert sein, endlich haben sie den ersehnten Sohn. Und wehe, mich quatscht einer als Heike an, der wird von mir sofort verklagt.

Aber ich schweife schon wieder ab, also zurück zum Wesentlichen: Es fing vor Jahren ganz vernünftig an: Aus Friseusen wurden Friseurinnen und aus Masseusen wurden Krankengymnastinnen. Das machte durchaus Sinn, da es nicht mehr abwertend klang. Mittlerweile ist der rollende Stein nicht mehr aufzuhalten, und es ist unglaublich, was sich daraus entwickelt hat. Es gibt in öffentlichen neuen Gebäuden zwei Sorten Waschräume und Toiletten, eine für Männer und ens für alle anderen, Damen, trans, bi, inter usw., was für Frauen durchaus bedeuten kann, dass da in Waschräumen und

Toiletten Frauen herumlungern, die eigentlich Männer sind. Die tragen Frauenkleidung und sagen, dass sie sich als Frau fühlen.

Ist das nicht auch wahnsinnig diskriminierend für Frauen, dass mittlerweile jeder behaupten kann, eine zu sein? Und ist es nicht bemerkenswert, dass unsere Kinder sich nicht mehr als Indianer verkleiden sollen, Männer aber durchaus als Frauen durchgehen, nur weil sie Stöckelschuhe tragen? Und wenn ich diesen Mann mit Vollbart und Minirock, der zufällig mein langjähriger Nachbar Arnold Schmidt ist (ich entschuldige mich vorsorglich bei allen Arnold Schmidts), den ich dann freundlich mit seinem Vornamen anrede, dieser aber neuerdings Isolde heißt, mich dann auch noch verklagen kann weil ich ihn nicht mit seinem neuen Vornamen anrede? Ich merke, ich schweife schon wieder ab. Soll ich mich da noch genauer drüber aufregen oder besser ein anderes Mal, was denkt ihr?

Dabei gibt es definitiv nur zwei Geschlechter. Wer mir das nicht glaubt frage bitte einen Biologen. Dann gibt es noch einige wenige, die nicht eindeutig zuzuordnen sind, die nannte man früher Zwitter, aber ich denke, dass ist mittlerweile auch diskriminierend, da müsste man mal ens Professor*in mit Lehrstuhl Genderwissenschaften befragen. Allein die pure Menge dieser Pseudolehrstühle ist bedenklich, wo wir doch einst ein führendes Land des Ingenieurwesens, der Wissenschaft, der Industrie waren, das Land von Denkern und auch Dichtern. Alles vorbei. Die Anzahl der Genderlehrstühle an unseren Universitäten liegt bei 173 (2023), in etwa so viel wie für Pharmazie. Die der Kernforschung mit 8 (2023) Lehrstühlen ist schon weit abgeschlagen. Das verheißt nichts Gutes für die Zukunft unseres Landes.

Der Erlkönig von J. W. von Goethe
Wer reitet so spät durch Nacht und Wind
Es ist der Vater mit seinem Kind...

Ens Erlkönig*in
Wens reitet so spät durch Nacht und Wind
Es ist ens nicht gebärendes Elternteil, mit ensen K1...

Wenn es absehbar so wird, streife ich durch Antiquariate und Telefonzellenbüchereien auf der Suche nach angestaubten Klassikern mit dem betörenden Geruch von Altpapier, der besonderen Haptik, und den Autoren aus grauer Vorzeit. Da freue ich mich auch irgendwie drauf.

Bleibt gut gelaunt, und glücklicherweise ist Cannabis freigegeben, damit übersteht ihr fast alles.

Was? Das Gesetz soll zurückgenommen werden!?

Dann tut es zur Not auch ein Eierlikörchen.

Blick über die Schulter

Zärtlich schmiegt sich Mia an ihren Mann. Die näselnde Stimme von Eros Ramazzotti durchdringt die laue Nacht wie Zuckerwatte. Noch ganz von den Eindrücken ihrer Toskana-Reise eingenommen genießen sie den letzten Abend in Florenz. Den zarten Duft von Jasmin und Bergamotte vermisst Mia jetzt schon. Auf der begrünten und romantisch beleuchteten Fläche hinter dem Boutique-Hotel tanzen eng umschlungen noch einige letzte Paare, die sich so gar nicht von dem schönen Abend verabschieden mögen, obwohl die Uhr schon halb eins zeigt. Mias Kopf ruht auf der Schulter ihres Ehemannes, der sie liebevoll umfangen hält, während sie sich im Takt der Musik langsam um die eigene Achse bewegen. Für einen Moment öffnet Mia die Augen und gewahrt hinter der Schulter ihres Mannes zwei dunkle Augen, die sie geradewegs anblicken. Diese gehören einem Herren mit markantem, braungebrannten Gesicht, welches von schwarzem lockigen Haar umrahmt wird. Auch er umschlingt seine deutlich kleinere blonde Partnerin, die sich das gerne gefallen lässt, denn ihr Kopf ruht innig an seiner Brust. Der Fremde lächelt Mia zu, und sie kann deutlich die Lachfalten an seinen Augenwinkeln erkennen. Mia lächelt zurück, bevor eine erneute Drehung den gutaussehenden Mann aus der Blickrichtung nimmt. Doch schon im nächsten Moment sehen sie sich wieder in die Augen. Mia zeigt ihm ihr bezauberndes Lächeln, der Schwarzgelockte quittiert dieses nicht nur ebenso mit einem Lächeln, nein, er setzt noch ein Augenzwinkern darauf. Gleich darauf verstummt Eros Ramazzotti. Mit der Musik nimmt auch der Abend sein endgültiges Ende. Mia strebt glückselig und eng umschlungen mit ihrem Mann das Hotelzimmer an, in dem sie ihre letzte Urlaubsnacht verbringen werden. Mias kleines Geheimnis beim Blick über die Schulter ihres geliebten Mannes wird ihr noch lange und immer wieder ein verschmitztes Lächeln ins Gesicht zaubern.

Lebenslust

Zu guter Letzt gebe ich nun mein Lebenslust-Erfolgsgeheimnis weiter. Jeder kann es zumindest ausprobieren, ob es für jeden passend ist sei dahingestellt.

Es gibt immer Situationen am Tag, in denen 100%ige Aufmerksamkeit und Tatkraft mit 100%iger Energie zu leisten sind. Doch es gibt durchaus Stunden und Aufgaben, in und bei denen es reicht, nur 70% oder 80% Leistung zu erbringen. Es wird niemandem auffallen, deshalb muss man sich nicht rechtfertigen, und auch ein schlechtes Gewissen ist fehl am Platz. Dieser gewonnene Freiraum wird mit Sachen gefüllt, die glücklich machen und guttun. Für den einen ist es eine Runde laufen, ein anderer möchte Klassik hören, lesen oder Motorrad fahren.

Wer sich jeden Tag bewusst mit kleinen Freuden versorgt, der hat Lust auf das Leben, denn jeder Tag ist lebenswert.

Finde etwas, das Dir Freude bereitet.

Lass Dinge los, die Dich verletzen.

Und verbringe Deine Zeit mit Menschen und Tieren,

die Dir guttun.

Wer Fehler gefunden hat darf sie gerne behalten 😉

Von Heike Heinz-Wittenberg sind bisher folgende

Publikationen bei BoD.de erschienen:

- **RezeptSchätze – Backen und Kochen ohne Brimborium** (2019)
ISBN 9 783734 730221

- **Der Mensch und seine Katze – Tierpsychologisches Dossier** (2020)
ISBN 9 783750 452473

- **Das Vorlesebüchlein für süße Träume bis zum Morgen** (2020)
ISBN 9 783751 937207

- **Das neue Vorlese- und Malbuch** (2021)
ISBN 9 783 753 490 ....

- **Macramee des Lebens** (2022)
ISBN 9 783 756 857 159